捨てられ男爵令嬢は
黒騎士様のお気に入り6

JN088611

水野沙彰

illustration 宵 マチ

ICHIJINSHA IRIS NEO

CONTENTS

捨てられ男爵令嬢は黒騎士様のお気に入り6

1章　令嬢は前を向く

ソフィアはカリーナと共に、テーブルに向かって真剣な表情でひたすらに針を動かしていた。

横に置かれた大きなバスケットには、布小物がたくさん入っている。そのどれもに、蔦《つた》が絡んだ美しい曲線の模様の中に桃色の花がいくつも咲いている図案が刺繍《ししゅう》されていた。

夜も少しずつ暑い日が増えてきた。あとひと月ちょっとで王都の社交界はオフシーズンとなり、領地の貴族達の多くが領地に戻る。

今年はこれまで行こうとして行けずにいた旧レーニシュ男爵領に行こうとギルバートが言ってくれていて、ソフィアはその支度に追われていた。

今作っているのは、教会のバザーのための寄付品だ。

「ねえソフィア。これ、本当に終わるの……？」

刺繍を始めたときよりもかなり上達したカリーナが、途方に暮れたような声を出す。

ソフィアは苦笑して、今となっては懐かしいかつての暮らしを思い出した。あの頃、ソフィアは従妹《いとこ》のビアンカに言われるがまま、必死で一人、自室に閉じ込められるようにして刺繍をさせられていた。

幼い頃に両親を亡くし、叔父と叔母に引き取られていたソフィアが、生まれ育ったレーニシュ男爵家をトランク一つで追い出されてから、一年半が経《た》った。

生まれながらに皆が魔力を持ち、魔道具を使用して生活しているこの国で、ソフィアは生まれつき魔力を一切持っていない。

魔道具は魔力が無ければ使用できない。アンティーク調度とも旧道具とも呼ばれる前時代の道具しか使えない者にできる仕事など、世間知らずで引き篭《こも》りがちだったソフィアには全く心当たりがなかった。

このままどこかで行き倒れになってしまうかと思っていたところ、偶然出会ったアイオリア王国の王太子であるマティアスの取り計らいで、ソフィアはフォルスター侯爵であり近衛騎士団第二小隊副隊長兼魔法騎士でもあるギルバートに拾われ、その邸《やしき》で世話になることになった。

最初は邸の使用人として働いていたソフィアだったが、ギルバートと共に過ごすうちに、抱える苦悩と温かい優しさを知り、恋に落ちた。

そして、社交界デビューを果たした夜会でギルバートから愛の言葉を告げられたのだ。

ギルバート達の手によって叔父が犯した罪が明らかになり、悪政に苦しめられていたレーニシュ男爵領を立て直すために男爵位を継いだソフィアは、春にギルバートと共にフォルスター侯爵領でささやかな結婚式を挙げた。

今ではソフィアはフォルスター侯爵家の家政の実務を行うようになり、苦手意識のある社交の場でも侯爵夫人として認められようと、日々努力を重ねている。

レーニシュ男爵領はフォルスター侯爵領に併合され、寂れてしまった土地も少しずつ賑《にぎ》やかさを取り戻しているようだ。

かつて一人きりで引き篭っていた頃よりもずっと軽やかに動く指を嬉《うれ》しく感じながら、ソフィアは顔を上げて微笑《ほほえ》んだ。

「終わるわ。大丈夫よ」

大切な友人でありソフィアの筆頭侍女でもあるカリーナが手伝ってくれている。ソフィアの侍女であるサラとアメリーが身の回りのことをしてくれている。

今のソフィアは一人ではない。

それだけで、大変な作業でも楽しく進めることができていた。


寝支度を終えたソフィアは、ギルバートの寝室——今ではすっかり夫婦の寝室となっている——のソファにギルバートと並んで座っていた。結婚して一年が経っても、ギルバートとソフィアは二人きりで会話をする時間を大切にしている。

いつの間にか子猫というにはしっかりとした身体《からだ》つきに成長してきたスフィが、部屋の椅子に括《くく》り付けたリボンの先で揺れる鈴をおもちゃにしながら、にゃあと鳴いた。

ソフィアの右手はギルバートの左手にそっと包むように握られている。優しいばかりの理由で始められた習慣ではなかったが、今ではここにある温かさが互いの心のように感じられて、穏やかで幸福な気持ちに包まれる。

「今日は何があった?」

ギルバートが静かにソフィアに問いかける。

ソフィアは今日のことを思い出しながら、ゆっくりと口を開いた。

「今日は、カリーナと一緒に裁縫をして過ごしました。以前領地で考えた図案を使っているので、なんだか懐かしい気持ちになります」

かつて、ギルバートと共に行ったレーニシュ男爵領で考えた図案だった。

ギルバートもそのときのことを思い出したのか、僅かに眉間に皺《しわ》を寄せる。

「……辛《つら》いことはないか」

それは、そこで何があったのか知っている者の言葉だった。

楽しい記憶ばかりの土地ではない。辛いこともたくさんあった。それでも、やはり大切な図案で、大切な思い出で、大切な土地であることには変わりはない。

「大丈夫です。今は……懐かしい私の故郷だと、思うことができます」

「そうか」

ギルバートが短く言う。それから、何かに迷うように視線を落として、話を変えた。

「──殿下が、ソフィアに急ぎで会いたいと言ってきた」

「王太子殿下がですか……？」

ギルバートが殿下と言うときは、王太子であるマティアスのことだ。ソフィアを救ってくれた恩人であり、ギルバートにとっては友人でもある。

とはいえ、急に呼び出されるとは珍しい。

「どのようなご用事なのでしょう」

「私も何も聞かされていない。ただ、帰りに呼び止められただけだ。……行かなくてもいいが」

ギルバートが、急な呼び出しを不本意だとでも言うように不機嫌そうに言う。

ソフィアは小さく笑って、首を振った。

「そんなことを仰《おっしゃ》って」

「嘘《うそ》ではない」

きっとギルバートならば、急すぎる呼び出しに動揺するソフィアが嫌だと言えば、本当にマティアスの呼び出しを断ってしまうだろう。マティアスも呆《あき》れた顔をしながらも、許すに違いない。

そこまで考えて、ソフィアは自然と口角が上がるのを感じた。

「大丈夫です。ちゃんと行きますから」

その甘さが、ソフィアにいつも勇気をくれる。

ギルバートは少し不満げに眉を顰《ひそ》めながら頷《うなず》いた。

「……そうか。明日、王城の近衛騎士団の詰所の近くに来てほしい。必ず一人では来ないように」

「明日、ですね。……カリーナと一緒に行こうと思います」

詰所に行けば、カリーナの想《おも》い人であるケヴィンにも会えるかもしれない。

ソフィアが微笑むと、ギルバートが手をぎゅっと握って、まるで甘えろというようにそっとソフィアの身体を引き寄せた。

素直に大きな胸に身体を預けると、ギルバートはソフィアを優しく抱き締めてくれる。

ソフィアの耳には、自身とギルバートの密《ひそ》やかな鼓動以外、スフィが鳴らす鈴の音しか聞こえなかった。


翌日、ソフィアはカリーナと共に王城に訪れた。

アイオリア王国の王城にある近衛騎士団の演習場からは、鋭い声と金属がぶつかり合う高い音が響いている。その真剣さは国民としては安心できるもので、同時にどうしても身体を硬くしてしまうものでもあった。

ソフィアは久しぶりに訪れる近衛騎士団の詰所を見上げた。戦闘時特有のこの張り詰めた空気にはまだ慣れることができそうにない。

「――えっと、この辺りで待っていれば大丈夫かしら？」

「そうね。旦那《だんな》様は見えるところにいれば良いと仰っているんでしょ」

「うん」

「なら、ここに座って待っていれば大丈夫よ。なかなか来なかったら、私が見てきてあげる」

「ありがとう、カリーナ」

ソフィアは演習風景が見える長椅子の一つに浅く腰掛け、カリーナに隣に座るように促した。カリーナは太陽の位置を確認して、日傘がちょうどソフィアの頭上に影を作るようにして腰を下ろす。

今日の日差しは暖かく、こうしてじっとしていると心地良いが、演習中の騎士達には暑そうだ。汗が額を伝って、大きな動きと共に飛び散る。

そうして鍛錬に励む騎士達を、ソフィアはいつの間にか真剣に見つめていた。

「きゃあっ」

「どうしたの？」

カリーナが小さい悲鳴を上げて、ソフィアははっと隣に視線を移す。しかしカリーナは、夢中で一人の騎士の動きを目で追いかけているだけだった。

「ねえ、今見た？」

「う、ううん」

「今ね、ケヴィンが剣を弾《はじ》いて飛ばしてたの！　刺さるかと思ってどきどきしちゃった。私、ケヴィンが真剣に剣を振るっているところを初めて見たんだけど、こんなにかっこよかったのね！」

「っふふ、カリーナはケヴィンさんだけ見てたものね」

「あ……もう、分かってるから言わないでっ」

目が合ったカリーナの頬が赤く染まる。

ソフィアは小さく笑って、また視線を演習場へ戻した。

「――ソフィア」

しばらくして、大好きな低く落ち着いた声に名前を呼ばれて、ソフィアは隊舎の方に顔を向けた。

艶やかな銀髪が日の光を浴びてきらきらと輝いている。いつからか暖かな色だと感じるようになった藍色の瞳が、ソフィアと目が合って安心したように細められた。

ソフィアのすぐ側《そば》まで歩いてきたギルバートが、流れるような所作で軽く屈《かが》んでソフィアの頭を撫《な》でる。

「ギルバート様。お仕事お疲れ様です」

「待たせたか」

「いいえ、さっき着いたばかりです。それに演習を見ていたので……」

ソフィアが言うと、ギルバートがちらりと演習場に目を向ける。

「今まで演習をしていたのか？」

「ええ。……あら？」

ギルバートの視線を追いかけた先には、演習をしている者は誰もいない。騎士達はいつの間に休憩に入っていたのだろう。それどころか、なんだか視線を感じるような気がする。

ソフィアが首を傾《かし》げると、ギルバートが小さく嘆息した。

「——少し待っていてくれ」

ギルバートはそう言って演習場の中へと入っていって、一人の隊員に声をかけた。声をかけられた隊員はびくりと姿勢を正している。

「どうしたのかしら？」

「……多分自業自得だから、ソフィアは気にしなくて良いのよ」

カリーナが呆れたように苦笑する。

ギルバートは隊員と数回言葉を交わして、すぐにソフィア達のところに戻ってきた。

「今から休憩に入るようだから、カリーナはケヴィンとここで待っていてほしい。時間がかかるようなら、中の会議室に案内するよう伝えておく」

「かしこまりました」

カリーナがソフィアとギルバートに一礼して、持っていた日傘をソフィアに渡す。ソフィアは礼を言って傘を受け取り、左手に持って柄を軽く肩に乗せた。

「ソフィア、手を」

ギルバートが差し出した左手に、そっと右手を重ねる。

歩き出したギルバートの隣に並んで、ソフィアは問いかけた。

「王太子殿下のところに行くのですよね？」

ギルバートが眉間に皺を寄せて頷く。

「ああ。私とソフィアに直接頼みたいことがあると聞いている」

「頼みたいこと、ですか」

「殿下の頼みだが、ソフィアが嫌だと思ったら断っていい」

「で、ですが」

王太子から直々に頼まれてしまったら、王国の貴族としては断れないのではないか。ソフィアは慌てるが、ギルバートは首を横に振った。

「構わない」

はっきりと言い切ったギルバートにソフィアは驚く。上目遣いに表情を窺《うかが》うが、ギルバートは前を見るばかりでその顔にはもう何の表情も浮かんでいなかった。

それはここが王城内の廊下だからだろうか。無言ですれ違う貴族達がこちらを気にしていることにはソフィアも気付いている。ギルバートも見られていることを意識しているようだ。

ソフィアと結婚してから、ギルバートと周囲の人間との関係も変わってきたと使用人達から聞くが、だからといって王城の廊下という敵味方関係なく視線を集める場所でソフィアと笑い合えるほど、暢《のん》気《き》にしていられる状況というわけでもないらしい。

階段を上ってしばらく歩くと、特に重厚な印象の大きな扉の前に出る。見るからに重要な人物の部屋であるその扉の前で立ち止まったギルバートは、ちらりとソフィアの様子を確認して、扉を叩《たた》いた。

「殿下、妻を連れて参りました」

「入って」

声をかけると、すぐに入室を許可する声が返ってくる。慣れた様子で躊躇《ちゅうちょ》せず扉を開けたギルバートのエスコートで、ソフィアは室内に入った。

ギルバートがしっかりと扉を閉めて、内側から鍵をかける。

正面にある執務机で書類仕事をしていたらしいマティアスが、ペンを置いて顔を上げた。

「――来てくれてありがとう。ソフィア嬢は辺境以来だね」

ソフィアがマティアスに最後に会ったのは、冬のアーベライン辺境伯領だった。

命を狙われた妊娠中の王太子妃エミーリアが身を守るため領地に帰ることとなり、ソフィアも同行したのだ。

黒幕の企みに気付いたマティアスとギルバートは、辺境伯等の協力を受け、それを撃退。ソフィアも協力し、無事事件は解決した。

「お久しぶりです、殿下。本日はお呼びと伺い参上いたしました」

ソフィアは慌てて両手でドレスを摘まんで膝を折った。

しかしマティアスは気楽な様子で、気にすることはないと微笑む。

「ここは執務室で、公式な謁見の場ではないから。そう畏《かしこ》まることはない。ギルバートに頼んだが、来てくれて助かったよ」

「わざわざソフィアを呼ぶようにと言ったのは殿下ですが」

「だからだよ。ギルバートは過保護だからね」

ソフィアは首を傾げずにはいられなかった。この言い方では、ギルバートにきちんと内容を話して頼んだら断られるとマティアスが確信しているように聞こえる。

そしてギルバートが断る案件ということは、詳細を聞くまでもなく訳ありだろう。ソフィアはその内容を聞くのが怖くなって、僅かに肩を揺らした。

気付いたギルバートが、ソフィアの手をそっと掴《つか》んで引き寄せる。

「ソフィア……これならば聞かずに帰っても構わない」

「……いえ、お話は聞かないと」

とはいっても、嫌な予感しかしない。それでも貴族の妻らしくソフィアが微笑みの表情を作ると、ギルバートはどこか満足していないというように口角を下げた。

マティアスが、これ見よがしに深い溜息《ためいき》を吐《つ》く。

「もう少し、私に気を遣ってくれてもいいと思うのだが」

「詳細を先に私に話してくださらなかったのは殿下です」

マティアスは頑《かたく》ななギルバートの態度に呆れているように、それでいて親しみを感じるように苦笑して、机の端に避《よ》けていた一枚の書状を掴んでギルバートに渡した。

「エラトスからの書状だ。読んでみてくれ」

その国名に、ソフィアの心臓がどくんと大きく鳴った。

エラトスとは、このアイオリア王国と長年敵対関係にあった隣国だ。かつての国王が戦好きで、何かと口実を作ってはアイオリアの豊かな土地を狙って戦争を仕掛けてきていた。

その次男ヘルムートが玉座を狙ったことに端を発した戦争が起きたのは昨年の初夏だった。

ギルバートを脅威と判断したヘルムートは、フォルスター侯爵邸からソフィアを攫《さら》い、捕虜としてエラトスへと拉致したのだ。

ギルバート達の奮闘により、ヘルムートは追放され、アイオリア王国に友好的なコンラートが国王となった。今では王政と議会政治の両立を掲げ、広く国民が政治に関わるような仕組みを作ろうとしているらしい。

ギルバートが書状を受け取って、ソフィアにも見えるように広げてくれた。

そこには、国家間の正式な書類らしく流麗かつ丁寧な字で、ソフィアとギルバートに世話になったから式典に招きたい、と書かれていた。

「そこに書かれている通り、エラトスのコンラート陛下から、フォルスター侯爵夫妻を王権議会制一周年記念式典に招待したいという連絡が来た。ギルバートは勿論《もちろん》だが、私としてはせっかく招待されたのだからソフィア嬢にも一緒に来てもらえたらと思っている」

マティアスが困ったように眉を下げて言う。

「私が……ですか？」

「そうだよ、ソフィア嬢。妊娠中のエミーリアが国を出られないという理由もあるけれど、何より、ソフィア嬢も外の世界に触れる機会がもっとあったら良いと思ったんだ」

社交の場では男性と女性によって役割が違う。エミーリアが不在だと、女性同士の社交が疎《おろそ》かになってしまうだろう。侯爵夫人として、またマティアスの側近であるギルバートの妻として今後様々な社交に関わる可能性を考えると、貴重な体験ができる機会だった。

ソフィアがエラトスに攫われていたことは秘密だが、ギルバートがその政争で活躍したことは周知の事実だ。コンラートとマティアスは仲が良いらしいから、コンラートは気を遣ってソフィアを誘ってくれたのかもしれない。

しかし、ソフィアはまだ考えがまとまらずにいた。

捕虜として攫われたとき、ソフィアはヘルムートとその一派から酷《ひど》い扱いを受けている。カリーナが共に睡眠薬を盛られて閉じ込められたことも、ソフィアがエラトスで手荒く扱われたことも、まだ記憶に新しい。

ギルバート達に優しくされ、楽しい記憶や自身が戦った経験を塗り重ねても、簡単に忘れられるものではなかった。

「……だから、殿下は私に先に話さなかったのですね」

「君に先に話したら、ソフィア嬢まで話が行かないだろう」

「当然です」

ギルバートが溜息を吐く。

「ソフィア。断って構わない」

ソフィアが顔を上げると、ギルバートが気遣わしげに見つめていた。その顔には心配だとはっきり書かれている。

ギルバートが提示した選択の自由に、ソフィアは首を傾げた。

「私が行かなくても大丈夫なのですか？」

エラトスからの書状にソフィアの名前が書かれているのだから、行かなかったら国やマティアス、ギルバートに良くない結果があるかもしれないと考えていた。

ギルバートとの甘やかな時間は好きだが、甘えて凭《もた》れ掛かることはしてはいけないと思う。

マティアスがソフィアを見て、目を見張った。

「ソフィア嬢は、随分しっかりしたね」

「……ありがとうございます？」

反応に困ったソフィアは曖昧に礼を言う。

マティアスは、そんなに難しい話じゃないんだ、と前置きをした。

「ソフィア嬢が行かなくても、何の不都合も無いよ。エミーリアの代理にできるような貴族夫人には、他にも当てはあるからね。ただ私が、ソフィア嬢さえよければ誘いに乗ってみてもいいかなと思っただけで」

マティアスにも自分で決めていいと言われ、ソフィアは考える。

戦争と、ヘルムートと、コンラートと。一人きりで耐えた恐怖と、ギルバートとの微《かす》かな繋《つな》がりに頼った時間。事件が解決した後も、部屋を出るのが怖かった。

きっと聡明なコンラートならば、ソフィアが苦しんでいたことにも思い至っているだろう。だからこそ、わざわざソフィアに声をかける必要など無いはずだ。

「コンラート陛下は、どうして私を呼んだのでしょう……」

「コンラート陛下がソフィア嬢のことを気にしていてね。以前迷惑をかけた分までもてなしたいと思っているらしい。私も、陛下とは友人だから叶《かな》えてやりたいなとは思うが――」

「だからってソフィアを巻き込むことは――」

「勿論、ソフィア嬢の気持ちが、一番大切だよ」

厳しい顔のままのギルバートに、マティアスが少し焦ったように言う。やはりコンラートはソフィアがエラトスで辛い思いをしたことを理解していて、あえてソフィアを誘っているのだ。

ならばこれはマティアスの言葉通り、外の世界に触れた方が良いと考えてくれての話だろう。フォルスター侯爵夫人としてもっと広い世界を見るための、貴重な機会だ。

ソフィアは思いきって、頭を縦に振った。

「行きます、行かせてくださいっ」

ソフィアの返答にギルバートとマティアスの視線が集まる。

先に口を開いたのはギルバートだった。

「……本気か？」

ギルバートの顔には、行かせたくないと書いてあるようだ。ソフィアを守ると言ってくれているギルバートにとっては、無理をするほどのことでもないと思っているのかもしれない。

しかしソフィアは、ギルバートの目を見てしっかりと頷いた。

「はい」

「ソフィアには、良い思い出の場所ではないと思っていたが」

「だから、です。コンラート陛下が良い方なのは知っていますから……私を気にかけていただけるのは、嬉しいです」

過去の悲しく辛い記憶も、上書きしていくことができる。それを教えてくれたのはギルバートと、フォルスター侯爵家の皆だ。

ならばこれから先、エラトスという国の記憶も変わっていくかもしれない。

今、エラトスはこのアイオリア王国の友好国だ。未来のことを考えると、ソフィアの意識が戦争当時の記憶に閉じ込められたままではいけない。

ギルバートが書状を握っている手に力が入り、端にくしゃりと皺が寄った。

「……分かった」

溜息と共に吐き出されたその言葉に、ソフィアは小さく息を吐く。自分がしたいと決めたことを主張することには、まだ慣れない。

黙って二人の会話を聞いていたマティアスが、空気を変えるようにぱんと両手を合わせた。

「それじゃ、コンラート陛下にはそう返事をするよ」

「殿下、恨みますよ」

「これはソフィア嬢にとって悪い話ではないだろう？　コンラート陛下と懇意にしている姿を国内外に示すことができるのだから。あちらもそれが目的のようだし」

「しかし、だからといってこのようなやり方は――」

ギルバートとマティアスが議論とは言えない程度の言い合いを始めてしまう。

言い合いも二人にとっては日常だということを知らないソフィアは、このまま喧嘩《けんか》になってしまわないかとどきどきした。

どう言葉を挟めば良いのか分からないまま、それでもどうにかしようと拳を握った瞬間、外から扉が数回叩かれる。

それを合図に、ギルバートとマティアスは同時に口を噤《つぐ》んだ。

「――妃殿下から伝言を預かって参りました」

「ああ、入ってくれ」

いつの間にか立ち上がっていたマティアスが執務机に向かい、ギルバートが音を立てないようゆっくりと鍵を回して扉を開ける。

ソフィアは来訪者を邪魔しないよう慌てて部屋の端に寄った。

入ってきたのはエミーリアの侍女だ。室内を見渡してソフィアを見つけると、侍女は僅かに口角を上げる。

「妃殿下が、侯爵夫人が来ているのならば顔を出してほしいとのことでございます」

「エミーリア様が？」

ソフィアは瞳を輝かせた。

妊娠中のエミーリアとは、事件以降なかなか二人で会う時間を取れないままだ。手紙のやりとりばかりで寂しく思っていたところでの申し出で、ソフィアは嬉しくなる。

ギルバートが小さく頷いて優しげな視線を向ける。

「行ってくるといい」

「ありがとうございます！」

「では侯爵夫人、こちらへ」

ソフィアは侍女の後を追ってマティアスの執務室を出る。背後からはギルバートとマティアスが言い合う声が聞こえていた。

ぱたんと扉が閉まる音が聞こえて、ソフィアはつい足を止めて溜息を吐く。

ギルバートの厳しい声とマティアスの王太子としての振る舞い。どちらか一方だけでも普通は緊張と圧迫感で押しつぶされてしまうだろう。

それを同時に受け止めていたソフィアはどうしていいか分からなかったため、エミーリアからの呼び出しがありがたかった。しかし。

「――お二人だけで残してきて、大丈夫でしょうか」

ソフィアの呟《つぶや》きに、侍女が思わずというように小さく笑う。

「妃殿下からでございます。『二人が言い合うのはいつものことだから気にしなくて大丈夫よ』とのことです」

「え？」

「……いつものことなのです」

ソフィアは侍女の言いように笑ってしまった。ここが王城だと思い出して慌てて左手で口元を押さえるが、誤魔化せるものではない。

エミーリアはすっかりマティアスとギルバートの状況を想定していた。そしてそれをわざわざソフィアに伝言して侍女も肯定するほど、二人はしょっちゅうああして言い合いをしているのだろう。

「ふふ、お気遣いありがとうございます」

ソフィアはようやく笑いを収めて左手を下ろす。

それから侍女の後について、王城の廊下を伏し目がちにまっすぐ歩いた。


連れて行かれた先は王城の庭園だった。それも、王族と招かれた者のみが入ることを許されているという庭だ。

その中でもエミーリアが管理している区域の四阿《あずまや》に、ティーセットが用意されている。

エミーリアは腹の子のためにと豆から出した茶を飲んでいるようだが、ソフィアには飲み慣れた紅茶を淹《い》れてくれた。

「ねえ、私の予想は当たったのかしら」

「予想、ですか？」

「ええ。殿下がエラトスのことで呼び出したのなら、絶対侯爵が黙っていないと思ったの。あの二人、喧嘩になったでしょう？」

エミーリアが苦笑交じりに言う。同時に、四阿の雰囲気も一気に穏やかなものになった。

気楽な態度に安堵《あんど》して、ソフィアも肩の力を抜いて頷く。

「はい。私、驚いてしまいました」

「――ということは、殿下の呼び出しって、やっぱりエラトスの件だったのね」

ソフィアはティーカップから手を離して膝の上に置いた。背筋を伸ばして、しっかり前を向く。

「そうです。今度の式典に同行してほしいと――」

「ソフィアちゃんは行くことにしたのね？」

「はい」

「……そうよね。だって、貴女《あなた》があの提案を断るとは思えないわ」

エミーリアが溜息を吐いて、緩く首を横に振る。

「私は、貴女に辛いことを思い出させるかもしれないから、まだ早いんじゃないかって言ってたのよ。それなのに殿下ったら、『それを決めるのもソフィア嬢だ』なんて言って……侯爵に先に言わない時点で、全てがソフィアちゃんのためというわけではないでしょうに」

「お気遣いありがとうございます。でも、本当に良い機会だと思っていますから」

それはソフィアの本心だった。

あの戦争からもうすぐ一年が経つ。かつては敵国であったエラトスは、今ではアイオリア王国の良き友だ。いつかマティアスが即位した後は、きっと今より密接に関わっていくことになるだろう。

ソフィアはマティアスの側近であるギルバートの妻で、国の重要な貴族であるフォルスター侯爵家の嫁だ。公にソフィアが捕虜となった事実がない以上、いつまでも気にして避けてはいられない。

「この先も……力になれるように、頑張りたいのです」

ギルバートの隣に胸を張って立っていられるように、大切な場面で隣にいられないことがないように、ソフィアは前に進み続けなければならない。

それに、エミーリアが外交の場でこなしていた女性同士の社交も重要だと思っていた。

これまで積み上げてきたものと同じようにこなすことは難しいかもしれないが、ソフィアなりに頑張って、いつもソフィアを助けてくれている皆の力になりたいと思う。

「……ありがとう、ソフィアちゃん」

エミーリアが顔を上げて、ソフィアの目を見て微笑んだ。青薔薇《あおばら》の君という社交界での名に相応《ふさわ》しいサファイアのように青く美しい瞳が、まっすぐにこちらに向けられている。

「でも、頑張りすぎたら駄目よ。終わってなくたって、ソフィアちゃんが辛くなったらいつでもここに帰ってきて良いの。侯爵がいれば二人きりだったとしても安全に帰国できるでしょうし、後のことは、殿下に任せて良いのだからね」

「ありがとうございます……」

ソフィアは無意識にくしゃりと歪《ゆが》みそうになった顔を、すぐに微笑みで塗り替えた。

頑張らなければここにいられないと、無意識に思い込んでいたのかもしれない。エミーリアの優しい言葉がソフィアの胸に染みていく。

ギルバートもエミーリアも、ソフィアを心配してくれている。マティアスもギルバートとソフィアの未来のことを考えているからこそ、こうして提案をしてくれたのだ。

ソフィアが挫《くじ》けても、今は受け入れてくれる人がいる。

「——外交のことは私も頑張りますから、エミーリア様は心配なさらずに帰国を待っていてくださいませ」

ソフィアが言うと、エミーリアは心から嬉しいというように晴れやかに笑った。

「もう、すっかり体調は良いの。毎日王城中を歩いているくらいよ」

「まあ、大丈夫なのですか？」

ソフィアはエミーリアの大きくなってきたことが見た目で分かるようになった腹に目を向ける。ゆったりとしたシルエットのドレスを着ているため、座っていると腹の丸みがよく見えた。

「適度な運動はした方が良いって侍医に言われているわ。さすがに、剣術の稽古はしないようにしたけれど」

エミーリアが、ほう、と悩ましげに息を吐いた。

「どうしても、身体が鈍《なま》ってしまう気がするのよね……」

ソフィアは苦笑した。この広い王城中を歩き回るのは、今のソフィアでも体力的に辛そうだ。

王城にあるのはこの建物だけではない。どれだけエミーリアが普段から訓練をしていたのかが垣間《かいま》見える。

「そ、そんなに動かれて大丈夫なのですか」

「大丈夫。無理はしないわ」

それなら良いのだが、ソフィアの方が心配になってしまう。エミーリアに少しでも安心してもらえるよう、精一杯頑張ろう。

「エミーリア様は、お身体を大事にして、ゆっくり過ごしてください。私、ちゃんと頑張ってきます……っ！」

ソフィアは笑顔を作って、テーブルの下でぎゅっと拳を握った。


いくつもの大きなトランクに、次々とドレスが詰め込まれていく。

エラトスへの出発を明日に控え、ソフィア達は先に転移魔法でエラトスに送るための荷物を作っていた。カリーナが閉まらないトランクの蓋の上に座って、体重を掛けてぎゅうっと金属の留め金を閉める。

「よしっ、これで閉まったわ。あとは……」

「こんなにいるの？」

ソフィアはカリーナの勢いに圧倒されながら問いかけた。

「いるわよ！　今回は私もついていけないんだから。しっかり装って、舐《な》められないようにしなきゃ」

「カリーナが一緒に来られないのは寂しいわ。勿論、皆も」

今回のエラトス行きは国の外交行事である。そのため、王城の侍女達がソフィアにつけられることになっていた。

大広間やサロンなどの応接のための空間には翻訳のための魔道具が設置してあるらしいが、私的な空間や廊下には設置されていない。エラトスとアイオリア王国の言語は同じだが、たくさんの国の代表が集まる式典が行われるため、何かあったときのためにも、複数の言語を扱える者を侍女として連れて行くそうだ。

心強いが、普段側にいるカリーナやサラ、アメリーと離れてしまうのは寂しい。

「もうっ、ソフィアったら嬉しいこと言ってくれるんだから」

「私も行きたかったです！」

「私もです。きっと公式の場の奥様も大変お美しいのでしょう……」

サラが前のめりに、アメリーが俯《うつむ》きがちに言う。

「にゃー」

いつの間にか部屋に入ってきていたスフィがソフィアの膝に飛び乗って、甘えるように腰のリボンに頬ずりをする。

「スフィも寂しいって思ってくれるの？」

「にゃーん」

「でも貴女、私がいなくても楽しそうじゃない」

「にゃ？」

スフィが何のことだと前足でソフィアの腕を叩く。

ソフィアは思わず小さく笑い声を上げて、スフィの頭を優しく撫でた。

2章　令嬢は黒騎士様と旅に出る

ソフィアとギルバートは、マティアスと共に王家の馬車に揺られてエラトスを目指していた。

王族用の馬車は白い車体に金で装飾がされていて、扉に国の紋章が描かれている。魔道具を搭載しており、通常の馬車よりも速く揺れも少ない。

今回は国の代表としての外交の場、それも隣国のため、マティアスとギルバートも移動はあえて馬車を使うらしい。移動する姿を見せることも必要なのだそうだ。

ソフィアはそれを聞いて、自分のせいで移動装置が使えなかったわけではないのだと安堵《あんど》した。

ギルバートに貰《もら》った藍晶石の指輪のお陰で魔道具を使うことができるが、魔法は使うことができない。移動装置の使用には魔法が必要なため、ソフィアには使えないのだ。

マティアスとギルバートは仕事の話をしている。

ソフィアは事前に貰っていた各国の参加者一覧を手に、到着までに暗記しようと努力しながら、何となく窓の外の景色を眺めていた。

街や村、畑、山。この旅の最中に見てきた景色は様々で、遠出をすることがあまりなかったソフィアには全てが珍しい。

景色は移ろい、周囲には広い草原が広がっている。

この辺りはバーガン辺境伯の領地で、王都より暖かな気候だ。そのせいか、広い土地には背の低い白い花が草の間にたくさん咲いている。

やがて前方に、光の壁のようなものが見えてきた。

「――何かしら？」

誰に聞かせるつもりでもなくぽつりと呟《つぶや》いた言葉に、ギルバートも窓の外を見る。ソフィアの視線の先にあったものを見つけたギルバートは、小さく唸《うな》り声を上げた。

「あれは国境線上の防御壁だ」

「防御壁ですか？」

「ああ、あそこに柱があるだろう。あの柱が魔道具の起点になっていて、それを繋《つな》いで壁にしている。砲弾も人も通さない、国の防御の要だ」

「この辺りも一年前には荒れていたけれど、今はもう長閑《のどか》なばかりだね」

二人の会話で、ソフィアはこの場所が一年前の戦争で戦場となっていたのだと気付いた。敵国であったエラトスと隣接しているということは、これまでに何度も争ってきたのかもしれない。

戦場となる可能性が高かったから家が無く、あえて見通しよく木の一本も無いのだ。

「そうなのですね……」

そこであった争いに、ソフィアは思いを馳《は》せる。

アイオリアとエラトスが衝突したのは一度や二度ではない。ギルバートが魔法騎士として駆けた戦場でもあったのかもしれない。

胸の奥がぎゅうと締め付けられる。咄嗟《とっさ》に右手で胸元を押さえ唇を噛《か》むと、マティアスが安心させるように笑った。

「でも、今はそんな心配は無い。防御壁はなくせないけれど、以前より国を行き来する商人や旅行者も増えているそうだよ」

そう言って、先程ギルバートがソフィアに見るよう言った柱を指さす。

柱の下部分には、まだ新しい大きな門があった。荷馬車を引いた商人風の者達が特に目立っている。周囲には人も多く、馬車がよく通るらしい場所は草が無く道のようになっていた。道は領主館の方へ向かって続いている。

「王都近くの関所もあるのだけれど、バーガン辺境伯がこれまでさせられた苦労の分まで稼いでやるとばかりにエラトスとの交易に力を入れているから。勿論《もちろん》国から騎士を派遣して監視させているけれど、今のところ平和的交流ができているようだね」

ソフィアはまたその門を見た。改めてよく見ると、周囲には幌《ほろ》馬車の露店も出ている。確かに活気ある様子に、噛み締めていた口元が緩んだ。

「——変わっていくのですね」

ギルバートが身を乗り出して、ソフィアの右手をそっと握る。

国が変わり、領地が、街が、人が変わっていく。

これから訪れるエラトスがどう変わっているのか少し楽しみになりながら、ソフィアはその手を握り返した。

エラトスに入国した一行は、関所から一番近い街に宿泊のために立ち寄った。

予約していたのは、最近建てられたというホテルだ。コンラートが主導して、観光支援のために国が教育と資金を援助したらしい。内装も異国の貴族に人気が出そうな華やかなものだ。

食事と入浴を終えたソフィアは部屋の明かりを消し、小さなランプに照らされて溜息《ためいき》を吐《つ》いた。

アイオリア王国内では、貴族の邸《やしき》に宿泊していた。それは王太子であるマティアスがその存在を知らしめるためでもあったのだろう。もてなす側の貴族達も、大歓迎であることを少しも隠さずに応対してきた。

マティアスは当然であるという態度であったし、その側近であるギルバートも普段通りだった。ただ、ソフィアは慣れない状況でどうしたら良いのか分からず、侯爵夫人として振る舞い続けるだけで疲れてしまっていた。

このホテルでは、余計な詮索をされることも、顔色を窺《うかが》われることもない。そうした意味で、ようやく肩の力を抜くことができた。

そうしてできた心のゆとりを、アイオリアを出たのだという実感が襲った。

すっかり冷えてしまった濡《ぬ》れ髪をタオルで拭いながら窓の外を見ると、魔道具の街灯が道を照らしている。商店街が栄えている場所のようで、日が沈んでも当然のようにいくつもの店が営業していた。居酒屋もあるのか、窓越しに微《かす》かに陽気な笑い声が聞こえてくる。

エラトスでも、アイオリアでも、人々の生活は同じなのだ。辛《つら》いことがあった国だと避けていることに、意味などない。

ここにある現実に、今更になって気付かされる。きっと戦争という意味では、国民達は国の被害者でもあるのだろう。

部屋の扉が軽く叩《たた》かれ、外側から鍵が開けられた。

入ってきたのはギルバートだ。警備について話があると言ってマティアスの部屋に行っていたのだが、終わったようだ。まだいつもの黒い騎士服を着ているから、これから入浴をするのだろう。

ギルバートが内側から扉の鍵を閉め、持っていた鍵をテーブルの上に置く。

「――ソフィア、今戻った」

「ギルバート様、お疲れ様でした」

振り返ったソフィアの側《そば》に、ギルバートが歩み寄ってくる。

ギルバートはソフィアの隣に立って、同じように窓の外に目を向けた。ベルガモットの爽やかで甘い柑橘《かんきつ》と花のような香りがした。部屋に満ちている知らないものではない馴染《なじ》んだ香りに、ソフィアはギルバートの存在を強く感じる。

「何か珍しいものがあるのか？」

「いえ、なんとなく。賑《にぎ》やかで、明るい街だなと思っていました」

「そうか」

ギルバートが口角を僅かに上げて、ソフィアに右手を伸ばす。髪に触れたその手首で白金の腕輪が淡く光り、柔らかな温かさに包まれる。ふわりと広がった髪が乾いて背中に落ちた。

「風邪を引く」

「……ありがとうございます」

ソフィアは緩く微笑《ほほえ》んで、ギルバートの肩に頭を寄せた。

こつん、と額が騎士服の固い素材に当たる。

侍女は魔道具で乾かそうかと言ってくれた。それをソフィアは、ギルバートが来るからとブラッシングだけで帰したのだ。

いつの間に、こんなに我儘《わがまま》になったのか。

甘えることに慣れていなかったはず、他人が恐ろしかったはずなのに、今はギルバートに甘えたくて、その全てが恋しくて仕方ない。

ギルバートの腕がソフィアの背中に回る。

この世で最も幸福な場所に閉じ込められて、心細かった分を埋めるようにソフィアもぎゅっと抱き締め返した。

瞬間、ギルバートの身体《からだ》が小さく揺れる。

「――どれくらいこうしていた」

問いかける声は厳しい。

突然右手で顎を掬《すく》い上げられ、ソフィアはギルバートの藍色の瞳と目が合った。

「どれくらい……だったでしょうか？」

エラトスに入国したのだと思うと、どうしても落ち着かなかった。夜の部屋では表情を取り繕えなくて、侍女も早くに下がらせた。

ギルバートの温《ぬく》もりが欲しかったのだ。

目が逸《そ》らせない。ギルバートの右手が、それを許してくれなかった。

藍色の瞳の中のソフィアは、微笑みが上手《うま》く作れない、誤魔化しができない不器用な表情をしていた。どうしてこんなに不安なのか、心に風が吹いているのか、分かっているはずなのに、思うように振る舞えない。

強くなったと何度自分に言い聞かせれば、平気でいられるようになるのだろう。

「身体を冷やすな。もっと自分を大切にしてくれ」

「ごめんなさい……」

ギルバートが溜息を吐く。

小さく震えたソフィアの身体は、次の瞬間ギルバートに抱え上げられていた。驚きに声を出せずにいる間に、奥の部屋の寝台に座らされる。

片膝をついたギルバートが、ソフィアの室内履きを脱がせた。

「ギ、ギルバート様？」

「こちらはアイオリアより温暖だが、夜は冷える」

ソフィアが足を寝台に上げて座り直すと、ギルバートが綺麗《きれい》に整えられていた寝台から、毛布と布団を剥ぎ取った。ソフィアに羽織らせるように掛け、正面を合わせる。

そして、右手を寝台に向けた。

腕輪が光り、ソフィアの周囲がじんわりと暖かくなる。ギルバートが魔法を使ったのだ。

特定の物の周囲を暖かくする魔法。

寝台に使われたその魔法に、ソフィアの心まで温められたような気がした。

隙間ができたソフィアの中に、ギルバートの優しさが沁《し》み込んでくる。

寝台の横に立ったままのギルバートが、布団ごとソフィアを抱き締めた。

「——もしこの先、嫌な思いをしたら教えてほしい」

その言葉に、息が詰まった。

ギルバートがどんなにソフィアを守ろうと側にいようとしてくれたとしても、近衛騎士として動かなければならないこともあるだろう。

かつて第二王子ヘルムートに協力していたエラトスの貴族達は既に粛清されているが、エラトスとアイオリアの過去の関係を考えると、何もないとは言い切れない。

どうして不安なのがソフィアだけだと思っていたのだろう。ギルバートにとっても、エラトスは良い地ではないに決まっているのに。

ソフィアはギルバートの手を握った。不安を拭い去ることはできないが、それでも、ギルバートの負担になりたくはない。

一緒に頑張れるのなら、それが何よりもソフィアの力になる。

「――大丈夫です。私……一人じゃないですから」

ソフィアは笑う。

無理に作った笑顔だとしても、それを見破られていたとしても構わない。

ソフィアは何度も抱いてきた願いを思い出した。

ギルバートの隣で、対等に並ぶことができるくらい強くありたい。

そうあるために、ここまで来たのだ。

この手から感情を読んでもらうことができたなら、ギルバートを安心させることができるだろうかなんて、もう何度目かになるどうしようもないことを考えた。

「温かくして待っていてくれ」

抱き締める腕を緩めたギルバートの手が、ソフィアの頭にぽんと乗る。はっと顔を上げると、ギルバートは既に背中を向けて早足で浴室へと向かっていた。

もう一人だったときの寂しさはない。それどころか、ギルバートに甘やかされたソフィアの頬は恥ずかしさに赤く染まってしまっていた。

残されたソフィアは熱くなった頬を冷やそうと、布団から出した両手を当てる。

ギルバートの魔法が寝台を暖かくしてくれている。包み込んでいる布団と毛布のお陰もあり、ソフィアの両手も頬と同じくらい温かくなっていた。

二日後の朝、馬車はエラトスの王都に辿《たど》り着いた。

速度を落とした馬車の窓から見る王都は、先に泊まった街よりもずっと栄えている。買い物をする人も多く、新しい建物こそ多くはないが、古い伝統的な建物がしっかり残って使われていた。

馬車を見つけた民達は足を止め、アイオリア王国の紋章入りの馬車に頭を下げる。

戦後一年しか経《た》っていないというのにこのような様子なのは、事前にコンラートと議会の者達が根回ししていたからだろう。よく見ると道には等間隔に騎士が立っていて、万が一にも馬車に問題が起こらないようにと監視しているようだった。

ソフィアは先程から王城を眺めていた。

石造りの塀に囲まれた王城は、アイオリアのものよりも無骨な印象がある。北の方角にちらりと見える塔に、胸が痛んだ。ギルバートに気付かれないように、ソフィアはそっと視線を逸らす。

王城に近付くと、たくさんの馬車が走っていた。

「馬車が色とりどりですね……！」

ソフィアは思わず感嘆の声を上げた。

どの馬車も異なる特色を持った装飾がされており、今回の式典のためにエラトスを訪れた各国の来賓であることが分かる。ソフィアが持っている紙には五十二か国もの使節団が参加すると書かれていた。

マティアスが窓の外を見て、そのうちの一台の馬車を指さした。

「そうだね。ああ……あの黒い馬車。あれは東の辰国《しんこく》のものだ。遠い国だけれど、移動装置ができたから使ってきたのだろうね」

エラトスはこの式典をきっかけとして、物を転移するための転移装置を設置していた迎賓館に、人が移動するための移動装置を新設した。

アイオリア王国はエラトスの隣国なので国同士の繋がりを国民に示そうとあえて馬車で移動してきたが、遠方の国は移動装置を使用したらしい。護衛騎士も含め魔法を使える者を選んでいるのだ。

マティアスによると、外交の場を持っていなかったエラトスにとってはこの式典が政治的、経済的にとても重要なものになるそうだ。

馬車は正門をくぐってしばらく走り、使節団の馬車列に並び、やがて主城の正面で止まった。

御者が踏み台を置き、馬車の扉を開ける。

マティアスが先に、次いでギルバートが降り、エスコートのための手を差し出してくる。

「ソフィア、手を」

言われて、ソフィアはドレスの陰で左手をぎゅっと握り締めた。

ここから出たら、エラトスの王城だ。

かつてのソフィアがどのような暮らしをしてきたか、この地にどのような記憶があるかに拘《かかわ》らず、多くの国の使節達と対等に振る舞い、接しなければならない。

緊張しないと言ったら嘘《うそ》になる。それでも。

「――はい、ギルバート様」

見慣れた黒い手袋に包まれた、大きな手。

この手が何もできなかったソフィアを、ここまで連れてきてくれたのだ。いつだって、ソフィアが前を向こうとするとき、その側にはギルバートがいた。

だから、不安に思うことなど無い。

ソフィアが手を乗せると、強引すぎない優しさで、先へと導くように引かれる。ギルバートの無表情の瞳に、心配の色が浮かんでいる。

ソフィアは大丈夫だと安心させるように、優雅に口角を上げた。

「――ようこそいらっしゃいました。こちらでご確認をお願いいたします」

正面入口の前で、エラトスの侍従が話しかけてくる。

前には数か国の使節団が並んでいるようだ。ここで確認をして、主城の中に案内する流れなのだろう。マティアスの侍従が前に出て対応するようだ。

使用人達が、馬車から荷物を降ろし始めた。

ギルバートはソフィアと手を重ねたまま、マティアスと何事か会話を始めた。二人の会話に入るのに遠慮して、ソフィアはなんとなく開け放たれた正面入口から見える城内の装飾を眺める。

そのとき、どこからか感じたことがない種類の視線を感じた。

背筋が寒くなるような、不安な気持ちにさせられる。

誰に見られているのだろう。

ソフィアは勢いよく振り返ったが、そこには馬車があるばかり。中には人が乗っているのだろうが、誰がこちらを見ているのかは分からない。

それでも、ソフィアは少し離れたところにある鮮やかな青色の馬車が妙に気になった。

咄嗟に手を強く握ってしまったからだろう、ギルバートがマティアスとの会話を切ってソフィアを見る。

「どうした」

「い、いえ。あの……」

こんなときに、ソフィアの気のせいかもしれないようなことで、ギルバートとマティアスを煩わせるなんてとてもできない。

ソフィアは不安に気付かれないように意識しながら、気になった馬車を指さした。

「あの……あの馬車が、気になりまして。綺麗な青色でしたので……」

ソフィアの指の先を辿って、二人が馬車に目を向ける。

「……珍しいな、ラクーシャ国の馬車だよ」

ギルバートが目を見張った。

「ラクーシャ国が来るとは、本当だったのですね」

「ああ。私も、あの国を外交の場で見るのはこれが初めてだ」

マティアスがギルバートに同意する。

ソフィアは侯爵家で教わった知識を頭の中の抽斗《ひきだし》から引っ張り出した。

「ラクーシャ国というと、魔石が有名な国でしたよね？」

アイオリア王国の南にエラトスがある。エラトスは北、西、東に大小いくつもの国と隣接しているが、南側の国境には海がある。その海を船で更に南に行くとある島がラクーシャ国だ。

ラクーシャ国は中央に山があるほぼ円形の小さな島国で、周囲には魔道具で結界が張られているらしい。アイオリアの国境にある防御壁とはまた違う原理のものだったはずだ。

確か、独自の宗教を国教とした国だった。

「そうだ。非常に純度の高い珍しい魔石が有名だが、もう五百年もの間鎖国を継続している。そのラクーシャ国が唯一貿易をしている相手が、エラトスだ」

「唯一……」

ソフィアの呟きを聞いて、マティアスが頷《うなず》く。

「エラトスはラクーシャ国から購入した魔石を転売して利益を得ているんだよ。純度が高く属性の無い、人間の魔力と親和性が高い特別な魔石……らしいね。私もちらっとしか見たことはないが」

高額で取引されるその魔石は、これまでエラトスと敵国であったアイオリア王国にはここ数十年以上入ってきていないらしい。和解後に輸入の話も出たが、具体的にはなっていない。

「まあ、だからこそアイオリアではこれほどに魔道具と魔法が発達したとも言えるけれどね。一般的な魔石で安定した魔道具を作るのは、本来とても難しいんだ」

ソフィアは、両親から幼い頃に貰った魔石を思い出した。

かつてそれは、魔力を持たないソフィアが魔道具を使う唯一の方法だった。数回魔道具を使えば壊れてしまう程度のものだというのが、一般的な魔石への認識なのだ。

「他国では、魔道具があっても使い捨てのような扱い方をされているものが多い。エラトスからの魔石は高価で純粋、耐久力もあるということで、一部の高位貴族向けか軍事利用されている国が多いんだよ。だから、今日集まっている国々の中でも、魔道具の生活普及率がアイオリアに並ぶ国は多くないだろうね」

ソフィアは驚いた。

ソフィアはレーニシュ男爵邸で、魔道具の無い暮らしに不便を感じていた。街で働こうと思っても、魔力が無ければ難しかった。

国によっては魔道具が生活に馴染んでいない土地もあるのだ。少し考えれば当然のことなのだが、魔道具に親しみのないソフィアは知らなかった。

「そうなのですね。……これまであまりそのような知識に触れずにおりましたので、興味深く感じます。国によって、様々なことが違うのですね……」

これまでも勉強してはいたが、それでも知らないことが多い。外交の場で話すのならば、その違いを念頭に置いておかなければいけないだろう。

そのとき、侍従の確認が終わったようで、耳打ちされたマティアスがソフィアに気遣わしげな目を向けた。

「ギルバートは問題ないだろうけれど、ソフィア嬢は大丈夫かな？」

隠したつもりではいたが、不安が漏れてしまっていただろうか。ソフィアは安心させようと、しっかりと頷く。

「はい。お気遣い、ありがとうございます」

「……うん、大丈夫そうだ」

マティアスが頷いた横で、ギルバートがソフィアに向ける視線は、どこか心配を拭えないような色をしていた。

しかし、ソフィアも心配されてばかりはいられない。背筋を伸ばして、社交の場に相応《ふさわ》しい侯爵夫人らしい微笑みを浮かべる。

侍従がそっと奥へと導くように手を広げた。

「ご案内いたします」

マティアスは完璧な微笑みでそれに答えて、きびきびと歩く侍従の後に続いた。ソフィアとギルバートもそれを追って歩き出す。

予定では、このままそれぞれの部屋に案内され、夕食の時間まで各自過ごすことになっている。昼食は各部屋に振る舞われるそうだ。

ソフィア達は王城の三階にある客室に案内された。

事前の申請通り、マティアスの部屋と、ソフィアとギルバートが使う部屋は隣同士だ。これはギルバートが有事の際に動きやすいようにする意図がある。

部屋の前に到着したところで、侍従が立ち止まった。

「長旅、大変お疲れ様でございました。こちらのお部屋をお使いください。使用人の方々にも、この後部屋を案内させていただきます。また、何かご入り用な物がございましたらいつでもお申し付けくださいませ」

「ありがとう。よろしく頼むよ」

マティアスの言葉に、侍従は深く一礼した。


式典は到着の翌日に行われた。

夜会にも使われる王城の大広間は厳粛な式典に相応しく整えられ、用意された椅子に各国の使節団の者達が座っている。

等間隔に設置された半球状のオブジェのようなものは、異国の言葉が自国語に翻訳されて聞こえるようになる魔道具らしい。外交の場には定番なのだと、マティアスが教えてくれた。

正面には国の紋章旗が飾られ、中央には玉座が置かれている。

中でも特に印象的なのは、玉座の左右に議会の代表者達が座る席が設けられていることだ。王権議会制一周年記念式典というだけあって、コンラートは王家と議会が共に国政を行っていることを強く印象づけたいのだろう。

コンラートが右側から、議会の代表者達が左側から同時に入場し、それぞれの席の前に立つ。

宰相の男性の挨拶と共に、式典が始まった。

コンラートが立ち上がって、口を開く。

「本日は、エラトス王権議会制一周年記念式典にご参列いただき、誠にありがとうございます」

拡声の魔道具を使ったコンラートの挨拶は、その定型文から始まった。

明るい茶色の髪が緩く流され、シャンデリアの明かりを受けて輝いている。華やかな正礼装姿のコンラートは、代々続く王族の伝統を背負っているかのような凜々《りり》しさでそこに立っていた。

エラトスのこれまでの歴史、文化、外交について触れたコンラートは、使節団の者達を見渡す。

「――国民と共に積み重ねた新たな時代に感謝し、ここに式典の開始を宣言します」

挨拶が終わり、場内に割れんばかりの拍手の音が響く。

ソフィアも周囲に合わせて拍手をした。

続いて議会代表の中から議長が挨拶をし、エラトスで最も一般的なティール教会の大司教が登場した。司会の宰相から、複数の宗教がある中、自国に根付いている宗教に基づいた儀式をする旨の説明が入る。

大司教が掲げた光のオーブに、コンラートと議長が手を翳《かざ》して誓いの言葉を口にした。

オーブの光が強くなり、一瞬膨らんだ後、凝縮するように小さくなっていく。最後には大司教の手の平に、小さな水晶が残った。

その後、大司教が宣誓書を読み上げ、壇上の者が全員それに署名した。

「――これを証《あかし》とし、教会にて管理する」

王族と議会が協力し、国民のための政治を行うという誓約だ。この誓いのオーブを使った誓約は、大司教が国の行事の際にのみ実施可能なものだという。

正しい手順で解除しなければ神の怒りがあるという、特殊な誓約らしい。

ソフィアは初めて見るその光景の美しさに感動しながら、誓約が成ったことにまた拍手をした。

宰相の締めの言葉で、式典が終わる。

この後夜会が同じ大広間で行われることになっているため、用事が無い者も一度退場しなければならないらしい。

ソフィア達は一度部屋に戻り、支度をすることになっていた。まだ午前中なので時間はあるが、女性の支度には時間がかかる。

ソフィアが部屋に戻ると、すぐに侍女達に捕まった。

「奥様、式典お疲れ様でございます。夜会の支度に入らせていただいてもよろしいでしょうか」

「はい、お願いしますっ」

ギルバートは手前の部屋で支度をするらしい。

ソフィアは侍女達に連れられて、奥の部屋へと移動する。すぐに浴室に入れられ、髪を纏《まと》めて、化粧をされた。普段よりも少ししっかりとした化粧だった。

それから、しまわれていたドレスを取り出して、丁寧に広げてリボンを解いていく。

ギルバートが外交のためだからと用意してくれたのは、藍色の絹のドレスだった。

シンプルなシルエットだが、腰の部分に同色のふわりとした生地で作った大きな薔薇《ばら》の花があしらわれているのが特徴的だ。スカート部分には小粒のダイヤモンドが縫い付けてあり、足を少し動かすだけでもきらきらと光を反射する。

中に着ているパニエと靴もドレスと同色という、華やかな中にも落ち着いた印象のある装いだ。

髪は編み込みを加えたハーフアップで纏めて、毛先を軽く巻く。お団子部分には腰の飾りと同じ素材で作られた薔薇の花を飾り、朝露のように見えるダイヤモンドを丁度良い位置に最後の仕上げというように縫い付けられた。

支度が終わったのは、夜会が始まる三十分ほど前だった。

「――できました。いかがでしょうか」

侍女達が満足げな表情でソフィアから離れる。

ソフィアは立ち上がり、鏡の中の自分を見つめながらくるりと回って全身を確かめた。

そこにいるのはフォルスター侯爵夫人として相応しく、国の代表として行動するに相応しい大人らしさを兼ね備えた貴婦人だ。

左手の結婚指輪とも、ギルバートと繋がっている小指の藍晶石の指輪とも、よく似合っている。

自分だとは信じられないほど洗練された雰囲気に、ソフィアは息を呑《の》んだ。

しかしもう、これが自分ではないなどとは思わない。侍女達の手によって美しくしてもらった自身であることには違いないのだ。

「あ、ありがとうございます……とても素敵だと思います」

「お褒めいただきありがとうございます。――どうぞ、こちらの部屋で侯爵様がお待ちでいらっしゃいます」

侍女がしっかりと一礼し、嬉《うれ》しげに微笑む。

ソフィアは緊張しながらも、侯爵夫人らしい優雅に見える微笑みを作って、ギルバートが待つ手前の部屋の扉を開けた。

ギルバートはソファに座って資料を眺めていたようだ。扉の音に気付いて顔を上げたギルバートがソフィアを見る。その目が、驚いたように僅かに見開かれた。

ソフィアが長い裾が絡まないよう気を付けながら部屋に入ると、侍女が扉を閉めてくれた。

ソフィアはギルバートの目の前で立ち止まって、きらきらと輝くスカート部分を軽く持ち上げてひらりと動かす。

「お待たせしました。こんなに素敵なドレスをありがとうございます。その……似合って、いますでしょうか？」

ソフィアの言葉に、ようやくそっと口角を上げたギルバートが頷いた。

「……驚いた。ソフィア、とても綺麗だ」

ギルバートが立ち上がって、ソフィアの側に歩み寄ってくる。

「ありがとうございます。侍女達が頑張ってくれたのです。それに、ドレスが素敵だから──」

言い訳のような言葉を遮るように、ギルバートはソフィアの手を取った。

「侍女の腕とドレスもそうだが、私はソフィアを綺麗だと思っている」

ギルバートがとけるような微笑みを浮かべるから、余計に恥ずかしくて顔が赤くなる。

そのギルバートも、今は騎士服ではなく華やかな夜会服を着ている。ソフィアのドレスの色に合わせた藍色の上着に、華やかな金の飾り紐《ひも》がまるで夜空の流星のようにも見えた。

そして他の何にも負けないほど美しい藍色の瞳と、艶やかな銀髪。

誰が見ても魅力的だと思うに違いないと、ソフィアは思った。普段の騎士服も素敵だが、ギルバートがこのような華やかな服装をすることが少ないため、未《いま》だにどきどきしてしまう。

「ギルバート様も、あの……素敵です」

ソフィアが言うと、ギルバートが目を僅かに細める。

「そうか。ソフィアにそう見えるのならば嬉しい」

「そ、そんなこと……」

握った手からソフィアの気持ちが伝わってしまいそうな気がする。

ギルバートが手を引いて、ソフィアの身体を抱き寄せる。これから口付けようとするかのように伸ばされた指先が、ソフィアの唇の側でぴたりと止まった。

「化粧を崩したら、叱られるだろうか」

「聞かないでください……っ」

今日支度を頼んだのはソフィアの侍女ではなく、アイオリアから連れてきた王城の侍女達だ。ソフィアも直してほしいと頼むのは、カリーナ達ではない分、恥ずかしいような気がする。

ギルバートが喉の奥でくつくつと笑って目を伏せる。ソフィアもまた、同じように瞼《まぶた》を下ろした。

そのとき、入口の扉がとんとんと叩かれた。

目の前のギルバートのことしか見えていなかったソフィアは、瞬間、慌てて距離を取る。きっと今、ソフィアの顔は真っ赤だろう。

ギルバートが扉を開けると、そこにはマティアスが連れてきた侍従がいた。

「殿下より、支度が終わった旨のご連絡です」

「分かった。すぐに行きますと伝えてくれ」

「かしこまりました」

扉を閉じたギルバートが、小さく息を吐く。

ソフィアも、今の表情を他の人に見られなくて良かったと息を吐いた。

「参りますか？」

「――ああ、そうだな」

ギルバートがソフィアに手を伸ばす。ソフィアがその手を取ると、ギルバートは流れるように手の甲にそっと唇を寄せた。

「今はこれで我慢しよう」

ギルバートが微笑んで扉を開ける。

ソフィアは言葉の意味に頬を染めながら、どうかこの熱が誰にも気付かれないようにと祈った。


初めての外交の場での夜会は、ソフィアには驚くことばかりだった。

そのうちの一つは、式典にもあった翻訳のための魔道具だ。

椅子を片付けられた大広間はすっきりとしていたが、椅子が無くなったことで半球状の大きな魔道具が等間隔に置かれているのが目立つ。テーブルがあるところではその下に隠されていたり、ダンスフロアの中央部分には床と同色に塗装され、景観にできるだけ溶け込むように工夫されたりしているようだ。

その魔道具が、ソフィアの耳に届く各国の言葉を全て自国の言葉に翻訳してくれているのだ。

式典のときと異なり、皆が自由に会話をしていることで、ソフィアは初めての感覚に困惑する。口の動きと耳に届く音が違うため、どうしても気になってしまうのだ。マティアスとギルバートは装置にも慣れているのか、ソフィアのことを気遣ってくれている。

各国から挨拶を受けていたコンラートが、人が切れたのを見てギルバートとソフィアの元に歩み寄ってくる。気付いたギルバートがソフィアに合図をして、二人並んで礼の姿勢を取った。

「来てくれてありがとう、侯爵。去年助けてもらったときには慌ただしくなってしまったから、次はゆっくりしてもらえたらと思っていたんだ」

「こちらこそ、お招きありがとうございます。紹介させてください。妻のソフィアです」

ギルバートがソフィアを、コンラートと初対面であるように紹介する。

ソフィアもまた、そうであるようにアイオリア王国式の王族への挨拶で返す。外交の場では、使節は自国のマナーで挨拶をするというしきたりだった。

「はじめまして、コンラート陛下。ソフィア・フォルスターと申します」

公に、ソフィアはこれがエラトスを訪れた初めての機会ということになっている。ソフィアはコンラートと初対面として振る舞わなければならなかった。

緊張しながらも姿勢を戻すと、コンラートは親しみを感じさせる笑顔でソフィアに笑いかけた。

「侯爵の奥方はとても美しい女性だね。本当によくお似合いだ。——そろそろ曲をかけるから、是非二人も踊ってくれ」

「お気遣いありがとうございます。行こう、ソフィア」

「はい。失礼いたします」

コンラートの口が、また明日、と小さく動く。

今日は各国の交流を目的とした夜会だが、明日にはコンラートが私的にアイオリアの使節団と話をする時間を取ってくれるという。マティアスとコンラートが仲良くしているからという理由が大きいが、ソフィアとギルバートとゆっくり過ごしたいというのもあるのだろう。

コンラートが言った通り、挨拶を終えるとすぐに演奏が始まる。

ギルバートはエスコートしていた手を自然に引いた。

「――踊ろう」

「はい。私も、ギルバート様と踊りたいです」

大広間の中心でソフィアはギルバートと両手を合わせ、身体を近付けた。

くるり、くるり。

ソフィアのドレスの裾が揺れ、縫い止められた宝石がきらきらと光を反射する。ドレスの落ち着いた色と相まって、まるで光が踊っているかのようだ。

ギルバートの無表情のように見える厳しい顔が、少し柔らかく緩む。その優しい表情は、ソフィアにだけ向けられたものだった。

嬉しくて、自然に口角が上がる。

ギルバートと踊るとき、ソフィアはいつも幸せな気持ちになる。

ソフィアは踊りながら、自然な動きで周囲を見渡した。

マティアスはどこかの国の王族らしき若い男性達と会話をしている。コンラートは自国の高位貴族の令嬢をエスコートし、ダンスの輪に加わっていた。壁際には以前エラトスで関わったルッツという騎士もいる。

使節団としてやってきた者達は色とりどりでとても華やかだ。

「色々な衣装の方がいるのですね」

「外交の場は、特にその国らしさを主張する服を着る者が多い」

それぞれの国の伝統的な衣装が目立つが、アイオリアやエラトスで見慣れた型の夜会服やドレスを着ている者も多かった。この場がエラトスの夜会形式で行われるため合わせたのだろう。ドレスや夜会服も色使いや装飾でそれぞれの国らしさを表現しているのが特徴的だ。

「本当に、個性的で素敵ですね」

視線をギルバートに戻す。

ギルバートもソフィアに見られていることに気が付いて、周囲を観察していた視線をソフィアに戻した。

「大丈夫か」

ギルバートがソフィアに問いかける。その問いは、エラトスの王城という場所にソフィアが抱いている複雑な感情を知っているからだ。

僅かに眉間に皺《しわ》が寄った、その厳しい表情が、ソフィアの心を揺さぶる。

だから、ソフィアも素直に頷いた。

「……はい。思ったよりも平気そうです。私も、皆に負けないように頑張りますね」

「今日の装いなら、悪い虫は近付かないだろうが……」

ギルバートの言葉に、知らぬ間に全身をギルバートの色に包んでいるソフィアは小さく首を傾《かし》げる。

しかしギルバートは何も言わず、ただソフィアをそっと引き寄せた。

ソフィアもギルバートのエスコートに任せて一歩距離を縮める。

あんなに気になっていた他国の使節達が見えなくなって、ソフィアの前にはただギルバートだけがいた。きらきらと輝く銀髪が、ダンスのステップに合わせて揺れる。

ソフィアのドレスと同色の夜会服が混ざり合って溶け合って、一つになっているようだ。

ギルバートのソフィアよりも少し高い手の温度が、手袋越しに伝わってくる。一つになっているのが心地良くて、このまま目を閉じてしまいたかった。

しかし曲は終わる。

一礼したギルバートに手を引かれてソフィアは会場の端へと移動した。踊っている間に全体の雰囲気も見ることができた。この後は、様々な国の者達と実際に話をして親交を深める時間だ。

マティアスは王太子として一人で、ギルバートとソフィアはアイオリア王国の貴族として二人で回ることになっている。

この場で話しかけなければならない貴族はそう多くない。逆にギルバートを知っている者が、ソフィアが妻なのかと声をかけてくる方が多いだろう。

ギルバートは、その存在自体が他国にとっての脅威となる。

ソフィアはその妻として、弱い存在と認識されるわけにはいかない。間違っても、弱点であってはいけないのだ。

背筋を伸ばして顎を引く。

アイオリアの国内であれば社交も上手くこなせるようになってきている。今回は外交の場だが、それでもきっと基本は同じはずだ。

淑女らしい微笑みを作って、ソフィアはギルバートと共に一歩を踏み出した。

アイオリアと交易が盛んな国や医療協力を結んでいる国から、軍事上の同盟国まで。様々な会話の場に、ソフィアはギルバートと微笑みながら乗り込んでいく。

ギルバートは挨拶の際、積極的に自分から握手を求める手を差し出していた。

ギルバートに触れると魔力の揺らぎから心が読まれることを知っている者は、ここにはコンラートだけのはずだ。

もし、ギルバートとの握手を拒んだら、それはアイオリア王国内部についてかなりよく知っているということになる。何かを仕掛けられる前に、どこで何のために情報を集めているのか探らなくてはならない。

ソフィアが見ている限りでは、一部の握手の文化がない国の者を除き、ギルバートに合わせて握手をする者がほとんどだった。

ギルバートにとっては情報の宝庫であると同時に、きっととても疲れる場だ。

ソフィアは少しでも支えになりたくて、ギルバートの側で常にギルバートに触れていた。

しばらく挨拶を続けて動き回っていると、足が痛くなってきた。歩いた瞬間ぴりっとした痛みが襲って、ソフィアは僅かに顔を顰《しか》める。

この日のために用意された踵《かかと》の高い靴が擦れてしまったのだ。

「どこか痛いのか」

ギルバートがソフィアの異変に気付いて、足を止める。

まっすぐに問いかけられて、ソフィアは小さく頷いた。

「足を……初めての靴でしたから」

「丁度良い。少し休め」

ギルバートがちらりとソフィアの足元に目を向ける。それから、視線で壁際に置かれている休憩用のソファを指さした。

「歩けるか？」

「はい。ありがとうございます……」

今までよりもゆっくりと歩いてくれるギルバートの腕に甘えながら、ソフィアはソファまで歩いて腰掛けた。体重が掛からなくなって少し楽になった足に、小さく安堵の息を吐く。

「見せてみろ」

ギルバートが周囲には見えないように自身の背中を壁にして、ソフィアの足を確認するため靴を脱がせた。

靴が当たっていたところが赤く擦れて血が滲《にじ》みかけているのを見て、眉を顰《ひそ》める。

「……ガーゼを貰ってくるから、ソフィアはここで待っていてくれ。周囲の目もあるから危ないことはないだろうが、何かあったら殿下に声をかければ良い」

「ごめんなさい……」

慣れない靴とはいえ、大切なときに怪我《けが》をした自分が情けない。しゅんと肩を落とすソフィアの手をギルバートが優しく包むように握る。

滑り落ちたドレスの裾が、ソフィアの足を隠した。

「ソフィアは悪くないのだから、謝ることはない」

ソフィアが謝る度に、ギルバートは構わないと、謝ることではないと、繰り返し言ってくれる。今回も咄嗟に謝罪してしまったが、繰り返してきたやりとりの中で、今のソフィアは正しい言葉を知っていた。

「……ありがとうございます」

ギルバートがソフィアしか気付かないほど僅かに口角を上げる。

「──構わない。行ってくる」

ソフィアは離れていく背中を目で追った。ギルバートは近くにいた男性の給仕ではなく、大広間の入口付近にいる侍女に頼んでくれるつもりのようだ。その小さな気遣いに安心する。

ソフィアは人混みに紛れてしまった背中から目を逸らした。

大勢の声と物音が混じり合って、ざわざわと騒がしい。しかしそれもまた社交の場の特徴だ。万一誰かと目が合ってしまったらと考えると顔を上げていられなくて、ソフィアは休憩らしく目を伏せた。

会場の端のため、あまり周囲の目につかない。同じように座っているのは休憩をしている者か、二、三人で話し込んでいる者ばかりだ。

この場所ならば、ギルバートが戻ってくるまで、気は抜けないが一休みしても大丈夫だろう。

そう思って、ソフィアがなんとなくドレスの裾に縫い付けられた石を眺めていると、不意に膝の上に影がさした。

ソフィアはギルバートが帰ってきたのかと顔を上げる。

しかし、そこにいたのは見知らぬ男性だった。

五十歳くらいだろうか。年齢と共に増えたらしい肌の皺と、糸目の微笑みが印象的だ。

詰め襟の丈の長い白い上着に、同色のズボンを合わせている。特徴的なのは上着に赤と金糸で入れられた精緻な刺繍《ししゅう》と、頭に巻かれている真珠とルビーが付いた色鮮やかな赤い布だ。

見慣れない民族衣装がどこの国のものだったかと考えるが、ソフィアが覚えた中には無かった気がする。つまり、アイオリア王国とは現状関わりの無い国なのだろう。

「――はじめまして、ご令嬢」

挨拶をされ、ソフィアも慌てて立ち上がろうとするが、靴を脱いでいるためすぐには立ち上がれない。咄嗟に靴を履こうとして、男性がそれを止めた。

「いえ、足を怪我されていらっしゃるようにお見受けいたしました。座ったままで構いません」

「あ……申し訳ございません。はじめまして」

警戒しつつ、礼を失しない程度に軽くドレスの裾を摘まむ。

一般的に外交の場では声をかけた方が先に名乗るマナーだ。今回は男性が先に声をかけてきたのだから、ソフィアは先に名乗ってはいけない。

男性はソフィアが作った微笑みを見て、笑みを少し深くした。

「ああ。失礼いたしました。私はラクーシャ国のドラヴ・セグリーと申します。国教であるセグレ教の大司教をしております」

ラクーシャ国は、王城に着いたときに馬車が気になった国だった。

五百年間鎖国している島国。貿易でもエラトスとしか関わりがなく、外交の場に出てくることはほとんどない。

何故《なぜ》、ソフィアに声をかけてくるのだろう。

疑問に思いながらも、ソフィアは礼儀に乗っ取り挨拶を返す。

「私は、アイオリア王国のソフィア・フォルスターと申します。フォルスター侯爵の妻です。どうぞよろしくお願いいたします」

「ああ、アイオリアの侯爵夫人でいらっしゃいましたか。今回は使節団としていらっしゃったのですか？」

「ええ、はい」

「そうでしたか。どうぞよろしくお願いします」

話しかけられ対応したが、これ以上どう会話を続けたら良いか分からない。それに、見るからに同伴者であるソフィアに正面から挨拶をしてくるのも謎だ。女性同士ならば分かるが、相手はラクーシャ国の重要人物である。

ソフィアが困惑していると、戻ってきたギルバートがドラヴの斜め後ろから声をかけた。

「――ドラヴ大司教。いかがなさいましたか？」

その声と姿に、張り詰めていた気持ちが緩んだ。ギルバートが戻ってきてくれたのであれば大丈夫だ。今アイオリア王国と繋がりのない国と、何を話せば良いのか、何を聞かれるのかと、気が気ではなかったのだ。

ギルバートが貰ってきたらしいガーゼと消毒薬を左手に持ち替える。

「はじめまして。アイオリア王国のギルバート・フォルスターと申します」

しっかりと自己紹介をしてから、自然な仕草で右手を差し出す。

しかしドラヴはギルバートの姿を観察した後、握手を拒むように両手を背中に回した。ギルバートがちらりとドラヴの手に目を向けて、握手の形にしていた手を下ろす。

ドラヴが一歩下がって礼をした。

「あ……ああ、はじめまして。奥様と少々お話しさせていただいておりました」

「そうでしたか。申し訳ございませんが、妻は足を怪我しておりまして……治療させていただいてもよろしいでしょうか」

はっきりとこれ以上の交流を拒否したギルバートにドラヴは唇を歪《ゆが》めたが、すぐに貼り付けたような微笑みに切り替わる。

その表情の変化を見てしまったソフィアは、気付いたことに気付かれないように慌てて顔を伏せた。

「ええ、失礼いたしました。……それでは、また」

そそくさと去っていく背中が、すぐに見えなくなる。

ギルバートはしばらくドラヴを気にしていたようだったが、すぐにソフィアに視線を戻して片膝をついた。裾を少しだけ持ち上げて、踵を消毒し始める。

「ソフィア、待たせたか」

「いいえ、大丈夫です」

ギルバートに安心してほしくて微笑んだソフィアに、ギルバートは手を動かしながら問いかける。

「あちらから話しかけてきたのか？」

「そうなんです。どうして私に……」

まさか明らかに会話を拒む姿勢で休憩していたソフィアに話しかけてくる者がいるとは思わなかった。それも、特に繋がりのない国の者が。

「……少し気にかかるな」

ギルバートが小さな声で話しながら、ソフィアの踵にガーゼを当てる。

「――痛むだろうから、ダンスはもう踊らなくて良い。明日も予定があるのだから、今日は無理をせず時間になったら戻ろう」

「よろしいのですか？」

「気にしなくとも、もう少しで夜会も終わりだ。この後には殿下が参加される」

夜会の後は、各国から一人ずつ男性が集まって、酒を飲みながらカードゲームをするらしい。確かに、そういった場にはマティアスが適任だろう。

「そうなのですか。では、私達は」

「そろそろ――」

ギルバートが言ったまさにそのとき、正面でコンラートが夜会を退出する旨を伝え、部屋を出て行った。ほぼ同時に、議長によって夜会終了の挨拶と感謝の言葉が述べられる。

ソフィアとギルバートはこの夜会で今日の仕事は終わりだ。

明日は女性同士の茶会が庭園で行われる予定だ。ソフィアはそこでしっかり女性同士の社交を成功させることだけ考えていれば良い。

「部屋に戻ろう」

「はい」

ソフィアはギルバートの左手にそっと自分の手を乗せて、周囲の者に足が痛いことを気取られないように気をつけながら、しっかりと一歩ずつ歩いて大広間を出た。


部屋で入浴を終えたソフィアは、寝室の扉の前で深呼吸をした。

夜着は用意していなかったため、ソフィアはエラトスの夜着を着ることになった。そしてすっかり忘れていたのだが、エラトスはアイオリアよりも温暖な気候故に、服の露出が多めだ。

カリーナに夜着を入れなくて大丈夫かと聞かれたときに、このことを思い出していたらどれほど良かっただろう。夜着は宿にあるから大丈夫だと答えた過去の自分が恨めしい。

以前エラトスで着たときにも心許《こころもと》なく感じたが、今着てもやはり慣れない。

一枚では透けてしまうほど薄い生地を何枚か重ねている夜着は丈が短めで、着心地が軽く、タオル一枚よりも存在感がないほどだ。

それでもいつまでもここにいるわけにはいかない。

どきどきと高鳴る胸を右手でぐっと押さえて、ソフィアは扉を開けた。

魔道具の明かりは落とされて、テーブルの上のランプだけが灯《とも》っている。ギルバートはソファに腰掛けて、何かを考えるように片肘を膝について俯《うつむ》いていた。

「お待たせいたしました」

ソフィアが声をかけると、ギルバートが顔を上げる。その目がソフィアの姿を捉えた瞬間、ぴたりと動きを止めた。

「いや。――……ああ、そうか」

驚いたような表情に、ソフィアも足を止める。

ギルバートもまた、この夜着の存在を思い出したのだろう。同時に、ソフィアはいつかエラトスで過ごした夜のことまで思い出してしまい恥ずかしさが増した。

「あ……はい」

「……こっちへ」

「はい……」

頬が熱い。

ソフィアは俯きがちに歩いて、ギルバートの隣に腰掛けた。

すぐにいつものように右手で髪を梳《す》かれて乾かされる。しかし今日はそれだけではなく、ソフィアの夜着の胸元と背中にも手が翳され、温かな風が吹いた。

「ありがとうございます……？」

いつもと違う行動にどうしてだろうと首を傾げたソフィアに、ギルバートが少し気まずそうに目を逸らす。

「……濡れていたからだ」

どうやら薄い素材だったために髪の水気を吸ってしまっていたらしい。ソフィアは納得して、テーブルの上に置かれているグラスを手に取った。

一口飲むと、すっきりとした喉越しが心地良く、それだけで疲れが少し取れたような気がした。

「足はどうだ？」

「ギルバート様に手当てしていただいた後、無理をせずに済みましたので。大丈夫です」

「明日の茶会用の靴は……」

「踵の低いものにしてもらうことにします」

夜会とは違い座っている時間が長いから、擦れたところが靴に当たらなければ大丈夫だろう。それでも、茶会ではギルバートの助けを借りて休憩するわけにはいかない。痛くないように対策をしておいた方が良いだろう。

「そうしてくれ」

ギルバートが心配そうに言って、ソフィアの頭を撫でる。

肩の力が抜ける。目を細めると、まるで猫にでもなったような気分だ。フォルスター侯爵邸で留守番をしているスフィを思い出して、ソフィアは小さく笑い声を上げる。

「どうした？」

「ふふ、スフィのことを思い出していました。スフィもギルバート様に撫でられるのが大好きですから」

「……ソフィアもか？」

ギルバートが楽しげに言う。

ソフィアはグラスをテーブルの上に戻して、頭の上の大きな手にそっと自分の手を重ねた。

ギルバートの手がぴくりと小さく震える。

「私も。ギルバート様の手……大好きです」

グラスを握っていたせいで冷えてしまったソフィアの手が、ギルバートの熱を普段以上に強く感じる。この熱がいつもソフィアを守り、愛してくれているのだ。そう思うと、愛《いと》しさが募った。

重ねた手を動かして、頭から髪、そして頬へと導く。ギルバートは一切抵抗せず、ソフィアのしたいようにさせてくれていた。

その手に、そっと唇を寄せる。

軽く落とした口付けの音が、静かな寝室に響いた。

ソフィアは心の中に湧き上がった満足感に従って、ギルバートの手をぎゅうと抱き締めた。

「──ソフィア」

「あ……」

名前を呼ばれて、視線をギルバートの顔に戻す。頬が僅かに赤く染まっていることに気が付いて、ソフィアは慌ててギルバートの手を離した。

いつの間にか、随分大胆なことをしてしまっていたらしい。

代わりに、ギルバートの腕が逃げようとしたソフィアを閉じ込めるかのように背中に回された。引き寄せられて触れた唇はすぐに離れて、ソフィアは広い胸の中でギルバートを見上げる。

「あ、あの──」

「あまり嬉しいことをするな」

「え？」

「疲れていると分かっていても、もっと欲しくなってしまう」

次に重なった唇は、深く、ただ甘いばかりのものだった。口付けの隙間から漏れる呼吸を拾い集めながら、ソフィアはギルバートに酔っていく。

ソフィアは縋《すが》り付くように、ギルバートの身体を抱き締め返した。

やがて両腕で掬い上げられた身体が、そっと寝台に横たえられる。

次に降ってきた口付けは、もう、甘いばかりではなかった。

◇　◇　◇

ギルバートは隣で眠っているソフィアの髪をそっと撫でて寝台を出た。

この客室では普通に魔道具が使われており、ギルバートは魔力を抑える腕輪を外すことができない。腕輪をせずに魔道具に触れたり感情を昂《たか》ぶらせたりすると、魔道具を壊してしまうからだ。

この魔道具の腕輪は、ギルバートの魔力を循環させ、それでも溢《あふ》れ出た魔力を吸収している。定期的に溜《た》まった魔力を放出しなければより早く壊れてしまうため、常に身につけていなければならない遠征中などでは、夜中に起きてわざと魔法を使っていた。

寝室から出て、ひとつなぎの居室に移動する。ここでならば魔法を多少使ってもソフィアが起きることはないだろう。

腕輪のために魔法を使うといっても、騎士団に泊まり込んでいるわけでもないのにまさか攻撃魔法を使うわけにもいかない。

ギルバートは右手の平を翳し、光の球を作ってゆっくりと魔力を込めていく。一度強く魔力を注ぎ込んで魔法を使うと、球は星のように細かく分裂し、室内をふわふわと漂った。

ギルバートの魔法を無邪気に素敵で優しいと言ってくれるソフィアに、何か綺麗なものを見せてやりたい。そう思って練習している魔法はいくつもあるが、これもそのうちの一つだった。

何度か繰り返していくうち、やがて光の粒はより細かくなっていく。

それがついに粉のようになったところで、ギルバートは首を傾げた。

「……これでは細かすぎるか?」

研究しているわけではないのだから、細かければ良いわけでもないだろう。

もう一度、今度は粒を少しずつ大きくしようと調整し始めたところで、突然、廊下と繋がっている扉が控えめな音量で叩かれた。ギルバートが起きていると分かっていなければあり得ないほど小さな音に、相手がマティアスだと確信する。

こんな時間に訪れるなど一体何があったのか。間違いなく良いことではないに違いない。

ギルバートが扉を開けると、予想通りそこにはマティアスの侍従が立っていた。

「殿下がお呼びです」

短く告げられた言葉に、火急の用件であると判断する。

「今行く」

ギルバートは部屋を振り返り、扉の向こうで眠っているであろうソフィアを想《おも》う。振り切るようにして部屋を出て、扉に鍵をかけた。

「——あの、何かあったのですか？」

歩き出そうとしたところで突然声をかけられたギルバートは、予想外のことに足を止めた。

声をかけてきたのは夜の間の見張りをしているエラトスの騎士だ。一つの客室につき一人ずつ配置されているようだ。

しかし、通常彼等はこういったときに声をかけてくることはない。

ならばどうして、と考えたところで、そこにいた人物の顔を見てギルバートは納得した。

「ルッツ」

「お久しぶりです、ジル……じゃなくて、ギルバート様」

気安い様子でどこか困ったように笑っている姿は、一年前の戦争のときにギルバートが偽名で関わった騎士だった。夜会会場でも見かけたが、この部屋の見張りにしてくれたのはコンラートの采配だろう。

ルッツはこのエラトスで、ギルバートが信頼を置ける数少ない人間だ。

ありがたく思うが、今は落ち着いて会話をする余裕がない。

「久しぶりだ。部屋の鍵は持たされているか？」

「え？　は、はい」

ルッツが驚いたように返事をする。

「私はマティアス殿下の部屋に行く。中でソフィアが眠っているから、何かあれば知らせてくれ」

「かしこまりました」

最低限の言葉で状況を理解したルッツにその場を任せ、ギルバートは早足で隣の部屋に移動する。

扉を軽く叩いて滑り込むように中に入ると、そこにはマティアスだけでなくコンラートもいた。

この二人が集まっていてギルバートを呼び出すとなると、ますますきな臭い。

マティアスがギルバートを見て気軽に片手を上げる。

「来たね、ギルバート」

「お待たせいたしましたか」

「いいや、そう待っていないよ。先程コンラート殿から話を聞いて、ギルバートとも共有すべきだと思ってね」

マティアスの言葉に、コンラートが申し訳なさげに頭を下げる。

「遅い時間に失礼しました」

「いえ、構いません」

ギルバートは起きていたから特に問題はない。それよりも気になるのは、どういう理由でここに呼ばれたのかだ。

通常この城で異常があれば、まずコンラートと騎士達で動くべきである。それなのにこの顔ぶれで内密に動くとなると、問題は内部にあるのだろうか。

ギルバートは眉間に皺を寄せ、マティアスとコンラートの側に歩み寄る。扉の向こうにいる騎士に聞かれないよう声を落とした。

「一体何があったのですか」

コンラートが、僅かに顔を伏せた。

「――城の中に、この外交期間中に問題を起こそうとしている者がいる。どこかの国の使節団と内通し、事件を起こすつもりらしい」

ギルバートは息を呑んだ。

マティアスは黙ったままだから、先に話を聞いているのだろう。

「誰が内通しているかは不明だが、事件があるだろうという証拠はこれだ」

コンラートはテーブルの上に置かれていた手紙を手に取り、ギルバートに見えるように掲げる。そこには三つの日時と、ある魔法を示す魔法式が並んでいる。

魔法式とは魔法の仕組みや使い方を書き残し共有するために使われているものだ。魔力を定数化して威力の調整や方向まで指定することができるため、魔法を学んだ者ならば簡単なものは誰でも読み解くことができる。

魔法式をもっとよく見ようと覗き込んで、ギルバートははっきりと眉間に皺を寄せた。

「時限式の魔法ですね。これをどこで」

複雑なその魔法式が示しているのは、対象物に事前に日時を設定して火を発生させる魔法だった。対象は石でも花瓶でもなんでも良い。ただ生き物であれば複雑な式を構築する前に逃げられてしまうため、動かない物であることが必要だろう。

この魔法式が日時と共に書かれているとなると、それは魔法を使った犯罪の予告か、計画書の一部だと考えるのが妥当だ。

こんなに複雑な魔法式を作ることができる人間はそう多くない。アイオリアの魔法騎士達でも余程の事情がなければ扱いたくないだろう代物だ。

それだけ、魔法に精通している者が犯人なのだと予想された。

「王城の郵便配達員が見つけて私のところへ届けてくれたのだが、差出人が分からない」

コンラート曰《いわ》く、この手紙は今日の夜会後に見つけられたものらしい。

差出人は不明で、送り先はとある伯爵家。伯爵は魔法を使えないが、共犯の疑いがあるため重要参考人として捕らえるように信頼できる騎士を向かわせているそうだ。

「この魔法を使った人間を特定したいんだ」

コンラートの依頼に、ギルバートはしっかりと一度頷いた。

郵便配達員がこれを持っていたのなら、王城内部の魔法を使える者が伯爵と共謀し、外交の場で事件を起こそうとしていると考えられる。

しかも、紙に記された日時の最初は今夜だった。

一刻の猶予も無い状況に、ギルバートは眉間に皺を寄せる。

マティアスも難しい顔で手紙を見た。

「現状、コンラート殿の騎士達が内密に魔法の対象物を捜索している。しかし魔法を使った犯人も対象物もまだ見つかっていない」

ギルバートはもう一度魔法式の細部を確認する。

「時限式ですが、魔法を仕掛けた人物が近くにいればいつでも発動できるようになっているようです。対象物が見つかれば、魔力を辿り犯人を捕らえることはできますが、それすら見つかっていないとなると……」

犯人を刺激しないよう拘束して魔法を封じても、先にかけた魔法は発動する。この手紙の情報が正しければ、対象物と犯人の両方の確保が必要だ。

「ギルバート殿、協力してもらえないか？」

コンラートが言う。

このエラトスにギルバート以上に魔力を持ち、魔法を扱える人間はいない。コンラートもそれを考えて、本来巻き込むべきではないと分かっていて、早期解決のためにマティアスとギルバートを頼っているに違いない。

ギルバートにとって、マティアスが言えばそれは騎士としての仕事だ。コンラートが何を望むかに拘わらず、ギルバートは職務を遂行する必要がある。

今回は友好関係を結んだ国同士の問題であり、更に内部の者まで疑わしいとなれば、コンラートも迂闊《うかつ》に動けないだろう。むしろ今夜の夜会会場であった大広間に仕掛けられていなかっただけ良かったと思わなければならない。

もし、ソフィアが巻き込まれて怪我でもしたら。

「――まずはここから出て、情報を集めましょう」

ギルバートがそう言うと、コンラートもすぐに立ち上がる。

「協力感謝する。……ありがとう、二人とも」

コンラートの案内で、ギルバートとマティアスは騎士団詰所の会議室に移動した。

会議室では騎士団長が騎士達から報告を受け、王城の地図に印を書き込んでいる。騎士達は捜査時に使用する魔法の痕跡を探す魔道具を手に、不審者を捜索しながら城内を回っているようだった。

ギルバートも地図に目を落とし、自らが捜索に向かう場所を検討し始めた。

◇　◇　◇

深夜、ソフィアは肌寒さを感じて目が覚めた。

温暖なエラトスでも夜は冷えるらしい。薄手の夜着を着ているせいもあるかもしれない。ソフィアは水を飲んでもう一度寝直そうと思い、上半身を起こした。

そして、隣で眠っていたはずのギルバートがいないことに気付く。

「あ……ギルバート様が」

ソフィアはストールを肩から掛け、前をぎゅっと合わせて寝台を出た。寝室と隣の居室を調べてどこにもいないことを確認し、何かあったのかもしれないと考える。

入口の扉には、外側から鍵がかけられていた。中からも開けられるようになっているが、部屋に鍵が無いということは、ギルバートが持って出たのだろう。

「ここで待っていろ、ということかしら」

夜会で何かあったのだろうか。それとも、今何か起きているのだろうか。

ギルバートが危険な目に遭っていなければ良い。

ソフィアはもう眠れる気がしなくて、ランプの明かりをつけてソファに腰掛けた。

両手を組んで、額に当てる。

何もなければ良いと強く願った。

いつだってソフィアはこういうとき、祈ることしかできない。ギルバートの仕事とは危険の中に身を置くことだと理解している。騎士ではないソフィアは共に戦いに出ることはできない。

仕方のないことだと分かっている。

ギルバートは強いと分かっていて、ちゃんと帰ってきてくれると信じていて、それでもどうしても心がざわついた。

そのとき、突然窓の外で何かが光り、室内が明るく照らされた。

この部屋の窓からは、王城の庭園が見えるはずだ。昼間見たときには初夏の薔薇が美しく咲いており、明日の茶会がそこで行われるのだと楽しみに思ったことを思い出す。

当然、夜に光が発生するような場所ではない。

「何が――」

ソフィアは立ち上がり、バルコニーへと続く大きな窓に歩み寄った。近付いてみると確かに、庭園の方が光っている。

鍵を開けてバルコニーに出て、ソフィアは庭園の様子に唖然《あぜん》とした。

「も、燃えてるの……？」

薔薇の花壇が燃えていた。大規模な火事と言うほどではないが、美しかった花壇から火の手が上がっている。駆けつける騎士達の姿も見えた。

ギルバートがいないのはこの事件が原因だろうか。

夜風が強く吹き、煤《すす》の匂いがした。

ソフィアはストールをぎゅっと強く握り締めて足を引く。

もしこれが事件ならば、ソフィアにできるのはギルバートの足を引っ張らないように自身の身を守ることだ。この窓にも鍵をかけて、部屋から出ずにいよう。

外の様子は気になったが、興味を振り切ったソフィアはくるりと踵《きびす》を返して部屋に駆け込む。窓に手をかけて、閉めようと思いきり動かした。

瞬間、何者かの足がそれを遮った。

がしゃんとガラスが音を立てる。

『――』

耳慣れない言葉が聞こえた。

ソフィアはすぐに異国の人間だと理解する。今ここに翻訳の魔道具は無い。

どうにか窓を押し込んで追い出そうとするが、男性のものらしい足はびくともしない。手を離したソフィアは、男性の侵入を諦め室内に逃げ込んだ。

入ってきたのは二人。

ソフィアは行く手を阻まれ、扉とは反対側の壁に背をつけた。

このままではここで捕まってしまう。声を上げようとするが、過去の記憶と重なって悲鳴が喉に張り付いた。

じりじりと詰められる距離。

男性の片方が、ソフィアの知らない言葉で何かを話した。

『――、――』

その声に聞き覚えがあったソフィアは、はっと顔を上げて侵入者の顔を見る。そこにいた意外な人物に、目を見張った。

「ドラヴ様が……どうして――」

小さな声は外の騒ぎにかき消される。

そこにいたのは、夜会で挨拶を交わしたラクーシャ国の大司教であるドラヴだった。ギルバートの握手を拒んでいたドラヴのことを思い出し、ソフィアはこれが計画的な行動なのだと考えた。

捕まるわけにいかない。

隙をついて、部屋の反対側にある扉に向かう。この扉を開けてもう一部屋分だけ逃げることができれば、廊下に繋がる扉がある。廊下には見張りの騎士がいるはずだ。

ソフィアは手を伸ばして扉に手をかける。

内側に引いたところで、肩に掛けていたストールを掴《つか》まれた。すぐにストールを脱ぎ捨て、部屋を移動する。

「誰か――」

悲鳴にならない息が、ソフィアの喉を抜けていく。

『――。――、――！』

反撃されると思っていなかったらしいドラヴが、押し殺した怒り声で何事かを言いながら後を追ってきた。

逃げきれずに手首を強く掴まれて、ソフィアはぐしゃりと顔を歪めた。振り払おうとするが、とても力では敵《かな》わない。

もう一度どうにかして悲鳴を上げようとした、その口が、大きな手によって塞がれる。そのままずるずると寝室に引き戻されていくのに、ほとんど抵抗ができないのが悔しかった。

一人では何もできない。

ギルバートに貰った自衛のためのカフスボタンも、今は持っていなかった。これでは魔道具を使って、ギルバートに知らせることもできない。

それでもせめてもの抵抗に、ソフィアは口を塞いでいるドラヴの手に思いきり噛みついた。緩んだ手を振りほどいて、ドラヴの上着に縫い付けられていた小さな赤い石を引きちぎる。

同時に頭を大きく横に振って生まれた隙間から、ソフィアは掠《かす》れた声で精一杯の悲鳴を上げた。

「助け……っ」

『――！』

瞬間、ドラヴの手がソフィアの頬に振り下ろされる。

ばしん、と強い音が響いて、世界が揺れた。

衝撃で身体が飛ばされ、背中が壁に打ち付けられる。その衝撃で、握っていた赤い石が手から零《こぼ》れてどこかへ転がっていった。暗い部屋の中では、もうそれを見つけることはできない。

同時に襲ってきたのは、頬の熱さと背中の痛み。そして強い恐怖心だった。

ソフィアの目に映っているのは、もうドラヴの姿ではない。それは幼いソフィアを虐《しいた》げる叔父の姿であり、かつてソフィアを攫《さら》ったヘルムートの姿でもあった。

身体が竦《すく》んで、がくがくと震え始める。

「――人？　何か……り……か」

廊下から呼びかける騎士の声が遠くに聞こえる。助けを求めようとしても、もう、ソフィアには何もできない。

怖い。怖い。怖い。

かつての記憶が、ソフィアを混乱させ、感覚を奪っていく。

気を失ってはいけない。そうしたら、どこかへ連れ去られてしまう。

分かっているのに、何もできない。

抵抗することができなくなったソフィアは、もう一人の男性に両手両足を縛られ、布で目と口を塞がれた。

雑に持ち上げられた身体に、夜風が当たる。


『――』

『――』

『――。――』

話し声がする。

バルコニーらしき場所で、ソフィアは何か硬いものに身体を拘束された。

まるでそのまま空に投げ出されたかのように、強い風と不安定な揺れがソフィアを襲う。薄手の夜着が、恐怖に凍り付いた身体から体温を奪っていった。

意識を失う直前、ソフィアの名前を呼ぶ誰かの声を聞いた気がした。

◇　◇　◇

ギルバートに改めて部屋を任されていたルッツは、ソフィアが眠っているはずの室内からがたんと物音がして顔を上げた。

気のせいでなければ、女性の声も聞こえたような気がする。

「夫人？　何かありましたか？」

扉越しに声をかけるが、中は静まり返っている。

例えば、寝台から落ちたとかならば良い。あるいは、虫でもいたか。貴族女性は虫を苦手な人が多いから、もし見たならば声を上げて怯《おび》えるだろう。

ルッツは状況を考える。

「……ここは三階で、扉はここだけだから」

バルコニーまでの足場も無く、この扉以外に部屋への侵入は不可能だ。

だから、何の問題も無いはずだ。

そう思うのに、胸騒ぎが止《や》まない。

念のためにともう一度扉を叩いてみるが、返事は無かった。

「どうしよう……でも、万一のことも」

ルッツは一年前の事件を思い出す。

黒騎士でありフォルスター侯爵であるギルバートの妻として、背筋を伸ばしたソフィアの美しくも儚《はかな》い姿。ルッツを諭した理知的で優しい声。

問題が無ければ後から勝手に入ったことを謝罪すれば良い。何より今はソフィアの無事を確認するのが最優先だ。

決心してしまえば行動は早い。

ルッツは使わないはずだった合鍵を使って室内に入った。窓から差し込む明かりで居室に誰もいないことを確認して、扉が開いている寝室へと駆け足で移動する。

おかしい。

眠っているのなら寝室の扉は閉じられているべきで、扉が開いているのならば居室にいると考えるのが普通だ。それなのに、居室には誰もいない。

寝台の上にも人影は無く、バルコニーに出るための大きな窓が開け放たれたままだ。室内に吹き込んでくる夜風がカーテンを大きくはためかせている。

この時間は真っ暗なはずの庭園が明るい。

ルッツがバルコニーに出て庭園を見下ろすと、薔薇の花壇が燃えていた。

魔法を使える騎士達が消火活動をしている。妙に明るく感じるのは庭園に集まっている者が持っている魔道具の明かりのせいだろう。

室内にいないのならバルコニーにいるはずなのに、やはりソフィアはいない。

「何故……」

ルッツはもう一度室内を確認しようと顔を上げる。

そうして踵を返そうとしたルッツが見つけたのは、夜空を不安定に飛ぶ明かりだった。しかしよく見ると、飛んでいたのは明かりではなかった。

「——は？　あれは……魔獣か？」

王城からまっすぐにどこかへ飛んでいくそれは、大きな翼を広げた鳥だった。

普通の鳥にしては大きすぎるその鳥は、よく見ると脚で何かを掴んでいる。背中には人らしき影が乗っている。明確な意思を持って、巨大な鳥はどこかに向かっていた。

魔獣が人に使役されるなど聞いたことがないが、夢でも見ているのだろうか。

少しの間不思議な光景に唖然としたルッツは、すぐに現状を理解し慌てて部屋を飛び出した。

部屋にいないソフィアと、飛び去っていく謎の鳥。

その二つを組み合わせると、最悪の結論に結びつく。

ギルバートはマティアスに呼ばれて行った。しかし、その後移動したことは見て知っている。

ルッツはマティアスの部屋の見張りをしていた同僚から、騎士団詰所に向かったことを聞き出して、すぐに階段を飛び降りた。

３章　令嬢は異国で目覚める

薔薇《ばら》の庭園で火事騒ぎがあったと聞いたギルバートは、間に合わなかったのだと唇を噛《か》んだ。

対象物が完全な形で残っていなければ追跡魔法は使えない。庭園で火が上がったということは、魔法が使われた対象は花だったのだろう。すっかり燃え落ちているに違いない。

しかし燃えやすい物を狙っている可能性が高いということも、一つの情報になりそうだ。

ギルバートは騎士団長に依頼し、騎士達に燃えやすい物を中心に捜索するようにと指示を追加させた。

それから十分ほどのうちに、ギルバートの手元には残りの対象物が届けられた。大広間からアンティークの人形、サロンの本棚から本が見つかったそうだ。

ギルバートは早速、捜索によって見つかったそれらに追跡魔法を使った。ギルバートの魔法ならば魔法の痕跡から持ち主を探すことも難しくはない。

その二つが指し示しているのは、王城の薔薇の庭園の方角だった。

追跡魔法の光を確認した騎士達が、大急ぎで会議室を出て行く。ここで逮捕してしまいたいのだろう。

会議室に残ったのはコンラートとギルバートとマティアス、そして騎士団長だ。

ギルバートは人形と本に掛けられた魔法を解除しようと、コンラートから証拠品の魔法を破壊する許可を取る。エラトスの騎士団長を証人として、ギルバートは手を翳《かざ》して二つの魔法を打ち消した。

「ですが、目的は何だったのでしょうか」

最初に口を開いたのは騎士団長だ。

コンラートが首を傾《かし》げる。

「この外交の混乱では……」

「それならば、夜会の最中や直後の方が効果があったのは確かです。それが、実際は深夜の庭園……気付かずに眠っている者も多いでしょう」

「全ての対象物は回収され、犯人の居場所も割れている。考えれば、魔法の精緻さの割に作戦が杜撰《ずさん》だな」

コンラートと騎士団長の会話を黙って聞いていたマティアスが、眉間に皺《しわ》を寄せる。

「……嫌な予感がするね」

ギルバートは黙って彼等の会話を聞いていた。

外交期間を狙ったエラトス内部の政争でないのならば、この事件そのものが陽動だったとも考えられる。裏側で何か別の行動をしているのかもしれない。

胸騒ぎが止《や》まない。

ギルバートは咄嗟《とっさ》に机に両手をついた。

マティアスが驚いて、ギルバートに目を向ける。

「どうした、ギルバート」

「申し訳ございません。私は一度部屋に――」

まだ夜着のままだった。戻って着替えをするついでに、ソフィアの様子も見てこよう。

ギルバートが、どちらがついでなのか分からない内心で自室に戻ろうとしたそのとき、会議室の扉が何の前ぶれもなく勢いよく開けられた。

驚いたギルバート達の視線の先には、汗をかき、肩で息をするルッツがいた。全速力でここまで走ってきたようで、見るからに何か不測の事態が起きたことが分かる。

ルッツの持ち場は、ソフィアとギルバートの部屋だ。

「何があった」

ギルバートが厳しい口調で問い詰める。

ルッツはびくりと身体《からだ》を硬直させて、堪《こら》えきれないといった様子で口を開いた。

「こ、侯爵夫人が、何者かに攫《さら》われました……！」

ルッツが吐き出した言葉は、最もギルバートが聞きたくなかったものだ。

何かで頭を殴られたような衝撃が、ギルバートの頭を揺さぶる。二度と起きてはいけなかった事態に、抑えきれない怒りを拳を握って押し殺した。

とにかく、今は状況を整理しなければ。

ギルバートは必死で平静を装いながら口を開いた。

「詳細を」

「はい。室内から何かがぶつかるような物音が聞こえました。声をかけても返答がなかったため、念のため合鍵で扉を開けて中に入りました。バルコニーに続く寝室の窓が開けられており、庭園では火災が発生していました」

ルッツは早口で続ける。

「空に魔獣のような巨大な鳥が飛んでおり、人が乗って、何かを運んでいるようでした。状況からして、夫人が連れ去られたと考えられます」

ルッツの報告を聞き終えて、ギルバートはすぐに会議室を飛び出した。

不安で呼吸が乱れているのが分かる。

何かの間違いであってほしい。

主城の三階、ギルバートとソフィアの客室の扉の鍵は開いたままになっていた。

中に入り、明かりをつける。

室内は荒らされていなかった。

綺麗《きれい》に片付いている部屋で明らかに様子がおかしいのは、寝室の寝台横の壁だ。飾られていた絵画が、僅かに傾いている。無地の絨毯《じゅうたん》の毛が足の形に何か所も立っており、何かを引きずったような跡もあった。

バルコニーから吹き込む風がカーテンを揺らしている。

窓からバルコニーに出たギルバートは、まだ火事の対応が続いている庭園に目を向け、すぐに顔を上げた。先程調べた人形と本の情報を頼りに、もう一度追跡魔法で犯人を広範囲に捜索する。

その人物はこのバルコニーからまっすぐに移動した先の上空にいるようだった。既に数キロ先に離れている。

つまり、ソフィアを攫った人間は、この一連の事件と同一犯だったのだ。

「——……こっちが本命か」

コンラートに不審な手紙と、そこに書かれた魔法式を発見させる。

上手《うま》くいけば、コンラートはマティアスとギルバートに相談し、二人が部屋を離れるだろう。そうでなくても、ギルバートかマティアスのどちらかが魔法による火災に気付けば充分なのだ。ギルバートは魔法に敏感だから、知らされなくても庭園で魔法が使われれば目を覚ました可能性が高い。

花と、人形と、本。

機会は三度あり、どれか一つに引っかかれば良いのだと考えれば成功率は高い。

犯人は最初からソフィアが目的だったのだ。

室内に、ギルバート以外の人間が入ってくる。

ギルバートは彼等に気付いていて、そのまま犯人の追跡を継続した。空にいる彼等はとても追いつけない速度で移動している。

「ギルバート殿」

背後から、コンラートの声がする。

しかしギルバートは振り向かなかった。

これ以上遠くまで追ったところで無意味なことは分かっていた。必ずどこかで、ギルバートの魔法にも限界が来る。しかしこの追跡を止《や》めてしまったら、ソフィアの行方は完全に分からなくなってしまう。

無意味でも、ぎりぎりまで唯一の繋《つな》がりを手放すことなどできなかった。

「――ギルバート、止めるんだ」

マティアスの声もギルバートの耳を通り抜けていく。

意地になりひたすら空を見つめて魔法を使い続けるギルバートの肩に、不意に手が置かれた。

マティアスの手だ。

他人であるマティアスの感情が、心の準備ができていない状態のギルバートの中に無理やり流れ込んでくる。

焦燥。怒り。心配。不安。責任感。

その感情は、ギルバートの内に渦巻いているものと似ていた。

これ以上読みたくない。自分の後悔を突きつけられたくない。ギルバートは流れ込む感情を拒絶するため、咄嗟に振り返ってしまった。

瞬間、魔力が途切れて追いかけていた魔法が消えてしまう。

もう随分王城から離れてしまっていた。ソフィアが連れて行かれる場所が分かるまで追いかけ続けることは不可能だったということは分かっている。

分かっていても、ソフィアとの繋がりが消えてしまったことがギルバートに大きな喪失感を与えた。

振り払われた手を軽く振ったマティアスが、厳しい表情でギルバートを見据えている。

「――ギルバート、犯人は」

「人物の特定はできておりませんが、上空をあちらの方向へ直線で向かっております」

ギルバートは最後に犯人の魔力があった方向を指さした。

「殿下、私に追跡の許可を」

馬を借りて魔法で速度を上げれば、少しでも早く追いつけるだろう。

不逞《ふてい》の輩《やから》に攫われたのならば、一分一秒が命取りになる。そんな危険な状況に、最愛のソフィアを置いてなどいられるわけがない。

マティアスが唇を噛む。

「分かった。だが、撹乱《かくらん》の可能性もある。部屋を先に捜索した方が良いだろう」

「――……分かり、ました」

ギルバートは今すぐ走り出したい気持ちを堪え、一度深呼吸をして明かりのついた室内を見渡した。

室内は片付けられたままで、ソフィアを攫うことが目的だったと分かる。

ギルバートはソフィアと犯人の痕跡を探すため、部屋の中を調べようと一歩踏み出した。そのとき、持ち上げた足に何かが触れた。

見ると、三十センチほどの羽根が落ちている。すぐに気付かなかったのが不思議なほどだ。

拾い上げて魔法で痕跡を調べるが、空よりも僅かに青いセレストブルーの羽根には、魔力の跡はなかった。

「魔獣ではないようですが、鳥がいたことは間違いないようです」

ギルバートが羽根をマティアスに手渡す。

受け取ったマティアスはその羽根を興味深げに見た。

「これほどの大きさの鳥が飛んでいたら、エラトスでは話題になっていそうだけれど」

「私は何も報告を受けていない。ルッツ、騎士団では話題になっていたか？」

「い、いいえ。聞いておりません」

コンラートの問いに、ルッツが慌てて首を振る。

複数人を運ぶことができるほどの大きさの鳥ならば、間違いなく誰かに目撃され通報されているはずだ。しかし見られていないとなると、調教された動物が夜の闇に紛れて目的のために潜入してきたと考えるしかない。

ギルバートはなおも部屋を捜索する。

しばらくして見つかったのは、見たことのない小さな赤い宝玉だった。小さな穴が開けられているのは、服か宝飾品に付いていたものだからだろう。

壁際に落ちていたため気付くのに時間がかかったが、少なくともソフィアのものではない。

ギルバートはマティアスとコンラートに見えるように右手に乗せた。

「これに見覚えはありませんか」

マティアスが宝玉を見て首を傾げる。

「ソフィア嬢のものではないんだね？」

「はい」

「では、犯人のものと考えられるんだな。私にも見せてほしい」

マティアスとコンラートが寄ってくる。

「珊瑚《さんご》のようにも見えるけれど……」

「それをよく見せてくれ」

黙って見ていたコンラートが、何かに気付いたように会話を遮り、手を差し出した。

ギルバートが石をコンラートに手渡すと、コンラートは室内の明かりの下に持っていって石をじっと眺めた。

「ギルバート殿。これは、確かに夫人のものではないんだね？」

鮮やかな赤色の丸い石だ。

「はい。これはソフィアのものではありません」

ギルバートは真剣な表情で頷《うなず》く。

「これは、この国のものではない。ここに模様がある」

コンラートが石の側面を指さした。ギルバートも改めて石を光の下で見ると、そこには先の細い針のようなもので付けたらしい模様が薄く描かれていることが分かる。

ギルバートは見たことがない模様だ。

コンラートは難しい顔をして、首を左右に振った。

「ならば追いかけても捕らえることはできない。――この加工がされた石を使っている国は、この王城に招待した中では……ラクーシャ国だけだ」

「なんだって？」

マティアスが声を荒らげる。

ギルバートもまた、その国名に動きを止めた。

ラクーシャ国は五百年もの間鎖国をしている国だ。鎖国のための国境壁は五百年間一度も破られたことがなく、エラトスでさえ定期的に行われている貿易以外では一切近付くこともできないという。

無理に追いかけても、国の中に入ることすらできないのだ。

「――……くそっ」

ギルバートはバルコニーの柵に拳を打ち付けた。

がん、と重い音が響く。

ギルバートは知っていた。

今夜の夜会でラクーシャ国の大司教であるドラヴがソフィアに話しかけていた。ギルバートがいない隙を狙って声をかけたように見えた。

あのとき、ドラヴはギルバートからの握手を拒んだのだ。

ギルバートが他者の魔力の揺らぎから心を読むことができるということは、当然アイオリアの機密事項である。もしドラヴがギルバートのその能力を知っていたのならば、一体どこで知ったのか。

「コンラート陛下は、ラクーシャ国の人間に私の能力の話をしましたか」

「いや、していない。ラクーシャ国との会談は明日の夕方の予定だったから、世間話すらまだだ」

「ならば、ラクーシャ国の人間は何故《なぜ》私の力を知っていたのでしょうか」

「知られていたのか⁉」

マティアスが驚きの声を上げる。

ギルバートは痛みすら感じずにいた拳をゆっくりと開く。打ち付けた側面は赤くなり、爪が食い込んだ手の平にはうっすらと傷が付いていた。

「夜会の最中、不自然に握手を拒まれました。あれは、確かに触れたら問題があると知っている対応でした」

「まさか！　五百年間も鎖国してきた島国の人間がか？」

マティアスが咄嗟にコンラートに視線を向ける。ラクーシャ国と唯一繋がりがある国はエラトスだけだ。

「私は話していない」

「ならば一体どこから……まさかアイオリア国内に、ラクーシャ国の『目』があるのか？」

そこまで言って、マティアスが口を噤《つぐ》んだ。

アイオリア国内から情報を得る手段がラクーシャ国にあったとして、どうやってギルバートの能力を知ったのか。何故ソフィアを攫おうとしたのか。

分からないことばかりだ。

「――ラクーシャ国の使節団が使っていた部屋はどこですか。調査させてください」

「許可する。ルッツ、案内を」

コンラートがルッツに指示を出す。

ルッツは指示に従い、駆け足でギルバート達を主城四階の客間に案内した。何の異変にも気付かずにいた見張りの騎士から合鍵を受け取ったコンラートが、鍵を開ける。

中には誰もいなかった。

明かりをつけて室内を確認するが、持ってきたはずの荷物すら一つも残っていない。まるで最初からラクーシャ国の者など来ていなかったかのようだ。

ギルバートの頭に血が上り、視界が赤く染まる。

「また……勝手に踏みにじるというのか」

ソフィアの全てはソフィアのものだ。そしてソフィアを守る権利はギルバートのものだ。どこの誰が相手であっても、譲るつもりはない。

弱いからといって、誰かに勝手に扱われ、損なわれて良いものではない。

守るために騎士があると言った口は、まだ歪《ゆが》んでいないだろうか。

コンラートが顔を歪め、ぐしゃりと髪を掻《か》き乱した。

「ラクーシャ国に使いを出す。まだ私との会談の約束が果たされていない。それを理由にラクーシャ国内に潜入できるはずだ」

コンラートがすぐにラクーシャ国に対抗する方法を口にする。その瞳には確かに怒りの炎が燃えていた。

ギルバートはコンラートの言葉にすぐに乗った。

「……私も連れて行ってください。ソフィアは私の妻です」

「マティアス殿下、許可を貰《もら》いたいのだが」

ギルバートの分まで、コンラートが許可を求める。

ラクーシャ国は鎖国をしており、唯一立ち入ることができるかもしれないのはエラトスの王族であるコンラートだけだ。本来貿易以外では誰も立ち入らせない国だが、ラクーシャ国には会談をすっぽかしソフィアを連れ去った後始末をコンラートに押しつけているという弱みがある。

ソフィアを無理やり攫ったからには、きっと大司教であるドラヴを含む聖職者達は国を離れられないはずだ。

今ならば、五百年間閉ざされた島の入口も開かれるに違いない。

「当然許可するよ。友人の妻を勝手に連れ去り、私の国を馬鹿にしたこと……後悔させてきてくれ」

マティアスの鋭い声が、冷え切った部屋の空気を切り裂いた。

◇　◇　◇

目覚めたソフィアが最初に感じたのは強い光だった。

あまりの眩《まぶ》しさに目を開けられずに身を捩《よじ》ると、柔らかく質の良いシーツの感触がする。擦れた背中が引き攣《つ》ったように痛む。

瞬間、ソフィアの意識は急速に現実に引き寄せられた。

ぱちりと目を開け、上半身を起こす。

「——ここは……いっ」

口を動かすと同時にぴりっと痛みが走った左頬に手を当てる。

思い出したのは、昨夜ドラヴに叩《たた》かれたときの衝撃だ。今は治療されているらしく、そこには丁寧にガーゼが貼り付けられていた。

眩しく感じた光は窓から差し込む日差しだった。

カーテンが開けられており、天蓋がレースの素材だったため、日の光を強く感じたらしい。その明るさからして、おそらくもうすぐ昼頃だろう。随分長く眠ってしまったようだ。

背中と頬の痛みと、見知らぬ場所。

昨夜の出来事がまざまざと思い出され、同時にかつて感じた恐怖心まで蘇《よみがえ》る。

ラクーシャ国のドラヴと名乗った大司教が、ソフィアの部屋に確かにいた。手を上げられて、為《な》す術《すべ》もなかった。

ソフィアは自分の身体を両腕でぎゅっと守るように抱き締めた。身体を小さくして目を瞑《つぶ》り、現状への理解を拒絶しようとする。

しかし、おそるおそる目を開けても、そこにある景色は変わらない。どうしても受け入れなければならない現実は変わらず目の前にあった。

「私……攫われたの……？」

震える声が、ソフィアの耳に届く。

以前迷惑をかけたからと招待されたエラトスで、また攫われてしまったということか。しかも、今度はエラトスとだけ交易があるというラクーシャ国の大司教であるドラヴ達が関与している。

今度はソフィアが迷惑をかけてしまう。

ギルバートも心配しているだろう。

「ギルバート様……っ」

その名を口にすると目頭が熱くなり、涙がこみ上げてくる。

助けてほしい。

攫われておいて情けないことだと自分でも思うが、そう願わずにはいられなかった。

ソフィアはギルバートと同じ客室を使っていたのだから、きっとギルバートが戻ればソフィアがいないことにも気付いてくれるはずだ。

それにあのとき外から声が聞こえた気がしたから、見張りをしていた騎士がすぐに調べて報告してくれているかもしれない。

ソフィアはどうにか前向きになれる理由をかき集め、顔を上げた。溢《あふ》れそうになった涙が零《こぼ》れる前に腕で拭うように擦《こす》る。

怯《おび》えているだけでは何も変わらない。

目を開けて、状況を確認しないといけない。

ソフィアは室内に誰もいないことを確認し、知らぬ間に寝かされていた大きくふかふかの寝台からレースの天蓋を掻き分けて出た。

そして視界に広がった室内の様子に、ソフィアは思わず目を見張る。

「この部屋は、何なの……？」

ソフィアは困惑の声を上げた。

それは昨夜までいたエラトスの王城の客室とは、明らかに異なる部屋だった。

真っ白な石でできた床に、初めて見る柄物の絨毯が隙間なく敷かれている。見上げると、天井には雄大な自然の風景が描かれていた。壁は白く、金の細かな装飾がされている。

ソフィアはその壁に全身鏡を見つけて歩み寄った。

鏡に映るソフィアは、見慣れない白い衣装を着ていた。

ひらひらと足に纏《まと》わりつく布はとても軽い。ワンピースのような白い服にはシンプルな刺繍《ししゅう》がされていた。上半身はすっきりとしているが袖は大きく、首元の布は二重になっている。

詰まった首には大きな透き通る石のブローチが、腰のベルトには金の装飾がされており、なんとなく高級感があった。これまで見たことも着たこともない服である。

「……なんだか、修道女みたい」

露出が少なく単色の装飾が少ない服、となると、アイオリア王国では神に身を捧《ささ》げる女性が着る服の印象が強い。

左の手首には、幅の広い金の腕輪がつけられていた。腕輪には切れ目も鍵穴らしきものも無く、ただ、不思議な文様が細かく彫り込まれている。きっと何らかの魔道具だろう。

拘束をされていないのだから、この腕輪がその代わりになっているのかもしれない。

「見たことがない服だわ。それに、この部屋も……こんなに華やかなのに、装飾はアイオリアでは見たことのない模様ばかり」

出入口らしい扉と反対側の壁には大きな窓が一面にあり、その窓と同じ幅の長いソファが置かれている。ソファの上にはいくつものクッションが置かれ、このような状況でなければゆっくりと寛《くつろ》げそうである。

ただ、その窓には装飾のようにも見える美しい曲線を描く鉄格子が付いていた。

鉄格子の隙間から見えた景色はどこかの森のようだ。緩やかな斜面になっているから、山なのかもしれない。

室内には、図案化された花らしいものが彫刻された木製の衣装棚と、机、テーブル、椅子、サイドテーブル。テーブルの下には、エラトスで見たものによく似ている半球状の翻訳の魔道具らしきものがある。

上に置かれた金の水差しとグラス、小さなランプも、アイオリア王国で見たことがないデザインだ。

「ランプがある……それなら」

ソフィアはランプに駆け寄って、縋《すが》りつくような思いでランプに触れた。

ソフィアがギルバートから貰った魔道具の指輪は、ギルバートの耳飾りと繋がっている。魔力が無いソフィアが生活に困らないようにと、ギルバートがくれたものだ。

この指輪は、ソフィアが魔道具を使ったときにギルバートの魔力を流してくれる。副作用としてギルバートにソフィアの居場所が分かってしまうと、これをくれたときギルバートは少し申し訳なさそうにしていた。

これまでにソフィアを何度も助けてくれた、大切な指輪だ。ソフィアがランプをつければ、ギルバートに居場所が伝わる。

しかし、ランプはつかなかった。

「なんで――」

もう一度ランプを確認すると、魔道具かと思ったそれの側《そば》にはマッチが置かれている。魔道具ではなくアンティーク調度だったのだ。

そのとき、ランプに触れていた自分の左手が目に入り、ソフィアは目を見張った。

「――そ、んな……どうして……？」

左手の指輪が、一つ残らず無くなっていた。

魔道具の藍晶石の指輪も、ギルバートと揃《そろ》いの結婚指輪も、全て。

改めて全身をくまなく確認する。そして、愕然《がくぜん》とした。

ソフィアは今、自分を示すものの全てを奪われていたのだ。エラトスで借りた夜着も、アイオリア式の下着も、身につけていた装飾品も、見知らぬものに変えられている。

助けは呼べず、身分を証明するものも無い。

ギルバートとの繋がりを示すものも奪われてしまった。

まるで松明《たいまつ》一つ持たず夜道を歩かなければならないと言われたようだ。心細くて、怖くて、どうしたら良いか分からない。

足の力が抜けて、絨毯の上にぺたりと座り込んだ。

そのとき、部屋の扉が外側から数回叩かれた。

攫われてきた場所で、突然叩かれた扉。外にいるのは誘拐犯かその一味に違いない。

ソフィアが身体を強《こわ》ばらせてじっとしていると、もう一度、今度は先程よりも少し強く叩かれる。

「——聖女様、入りますよ」

ソフィアが許可を出す前に扉は開けられ、ドラヴと見知らぬ少女が入ってくる。何かの宗教服だろうか、二人とも白を基調とした服を着ている。やはりこれも、ソフィアが見たことがないものだった。

「ああ、聖女様。お目覚めになられたのですね。突然のことで驚かれたでしょうが、もう心配いりません。今日から、ここが聖女様の家でございます」

糸目を細めて笑うドラヴを、ソフィアは恐怖を隠して睨《にら》み付けた。

「ここはどこですか。早く、私を帰してください」

「それはできません、聖女様。貴女《あなた》は我が国に必要な存在。救世主です。どうか、この国のために身を捧げてください」

「か、勝手なことを言わないでください。聖女様って何のことですかっ⁉」

先程から『聖女様』と繰り返しているが、ソフィアにはそう呼ばれる心当たりがない。知らない場所で知らない呼ばれ方をしている、それだけなのに、呼ばれる度に何かが奪われていくようだ。

「貴女は聖女様です。ですから貴女が貴女としてここにいてくだされればよろしいのです。それだけで私共にとっては聖女様でございますから」

口の動きと声が異なるのは、翻訳の魔道具のせいだろう。

ドラヴの丁寧な口調でありながらも選択権など与えないという強い態度が、ソフィアの思考の幅を狭めていく。

呼吸がしづらいのは、自由がないからだろう。

まだ立ち上がれずにいるソフィアを見下すように、ドラヴが小さく鼻で笑った。連れてきた少女の背中を押し、ソフィアの前に無理に立たせる。

少女は、見たことがないほど真っ赤な瞳と真っ白な髪色をしていた。子供だとしてもあまりに華奢《きゃしゃ》な身体つきのせいで、とても儚《はかな》げに見える。

「こちらの少女はアニカと言います。聖女様の世話係としてお使いください」

アニカと呼ばれた少女は引き攣った表情で、精一杯の笑顔を作っている。

「よ……よろしく、おねがいします。聖女さま」

ソフィアが着せられている服に似た白い服を着ているが、それよりも簡素な作りで、何の装飾も付いていない。膝には転んだときにできたのか、かさぶたがあった。

「それでは、私の用は済みました。聖女様、余計なことはなさらず、儀式の日までどうぞ恙《つつが》なくお過ごしくださいませ」

ドラヴはそう言って、所在なさげなアニカを部屋に置いて、ソフィアがそれ以上何かを言う前にさっさと部屋を出て行ってしまった。

ソフィアは目の前に残された、世話係として自身に差し出された幼い少女に視線を合わせた。少なくとも、この頼りない少女であるアニカがドラヴの悪事に荷担しているということはなさそうだ。

ソフィアは、おそるおそる問いかける。

「――……貴女、何歳？」

「じゅ……十歳です。あの、なにか――」

ソフィアには、こんなに小さな女の子の言葉まで拒絶することはできなかった。

ソフィアがどうやってここに連れてこられることになったのかは、アニカには関係ない。ただ大人に言いつけられているだけだろう。この子に怒ったり文句を言ったりするのは、間違っている。

ソフィアは唇を噛み、両手でぎゅっとスカートを握った。悔しいけれどこれではどうしようもない。

「——よろしくね、アニカ」

ソフィアが微笑《ほほえ》みの表情を作ると、それまで怯えた様子であったアニカはようやく安心したような顔をした。

「あ、あの。わたし、お茶を淹《い》れてきますっ」

アニカは照れたように頬を染め、ぱたぱたと部屋を出て行った。

一人残されたソフィアは、近くの棚に手をかけゆっくりと立ち上がる。今度はちゃんと立つことができた。

喪失感は変わらず大きいが、このままでいてはいけないという焦燥が胸いっぱいに広がっていく。

さっき、ドラヴとアニカはソフィアの部屋に鍵をかけずに出て行った。それなら、部屋の出入りは自由なのかもしれない。

アニカが淹れてきた茶を飲んだら少し席を外してもらって、こっそり建物を調べてみよう。

その前に、まず部屋に何か使えるものがあるかもしれない。ソフィアは早速探そうと、棚の抽斗《ひきだし》の一段目に手をかけた。

そのとき、扉が軽く叩かれ、外から声がかけられた。

「——聖女様、いらっしゃいますか」

くぐもっているが、年若い男性の声のように聞こえる。このような場面にも拘《かかわ》らず、何故か涼やかな印象の声だった。

「あれ？　確かにこの部屋だと聞いたはずなんだけど……聖女様、お話があるんです。入ってもよろしいですか？」

聞いた、というのはどういうことだろう。話とはなんだろうか。

ソフィアは警戒をしつつ口を開いた。

「あ、あの……お部屋を間違っていらっしゃいませんか？」

「ああ、いらっしゃるのですね。入室の許可をいただけますか？」

ドラヴもアニカもお当然のようにソフィアを聖女だと言っていたが、この男性も同じ呼び方をするようだ。ドラヴに聞くことはできなかったが、この男性には聞けるかもしれない。

「……よろしければお入りください」

ソフィアは開けかけた抽斗を閉め、入室の許可を出す。

入ってきたのは、声の印象通り線の細い男性だった。

肌はソフィアと同じくらいかそれより白く、艶やかな金髪は腰までまっすぐに下ろされている。穏やかな微笑みを浮かべている顔は酷《ひど》く整っており、瞳は神聖さすら感じる透き通った黄緑色だった。

ドラヴが着ていたものと似た服を着ているが、それよりも装飾は多い。首と腰に金と何かの宝石でできた繊細な飾りがついていて、動く度にしゃらりと小さな音が鳴る。

その外見のせいでどこか人間らしさのないその男性は、微笑みの表情のまま、まっすぐにソフィアの側に歩み寄ってきた。

「えっと、私──」

名乗ろうとしたソフィアを止めるかのように、男性はソフィアの前で片膝をついて右手を取る。

「僕はラクーシャ国セグレ教の教皇、サンティ・モティラル・カルレです。どうぞ、サンティと呼んでください」

ラクーシャ国といえば、五百年もの間鎖国を続けている国だ。

その鎖国の鍵となっているのは、島を囲んでいる塀だった。

ソフィアがフォルスター侯爵家で受けた歴史の授業によると、今から五百年前、エラトスの前身であった国が、海を渡った先にある国と戦争を始めたらしい。当時は魔法による大型船が作られ始めた時代で、戦争は海を利用したものになった。

両国の航路上に、ラクーシャ国があった。

ラクーシャ国は島国故に国同士の諍《いさか》いには不干渉を貫こうとしたが、両国とも補給に便利な位置にあったラクーシャ国を利用しようと働きかけた。

そして、ラクーシャ国は当時誰もが驚くほど強大な魔法結界を作動させたのだ。

結界により他国との交流が無くなったラクーシャ国は、今日まで争いに巻き込まれずに文化を熟成させてきた。その結果が、この見慣れない生活なのだろう。

「サンティ様、ですか？」

ソフィアが困惑して名前を呼びかけると、サンティは微笑みを崩さず、しかし何故か困ったように眉を少しだけ下げて、突然ソフィアの右手の甲に唇を寄せた。

ソフィアは手を振り払い、守るように胸元に両手を引き寄せる。

「な、何を……っ」

「――突然ですが、聖女様。僕と結婚してください」

口の動きと耳に届く音が違う。やはり異国語のようだ。

ソフィアはサンティの口から発せられ、どこかで起動している魔道具によって翻訳された言葉に、咄嗟に反応できなかった。

「……どういう、ことですか？」

「僕の妻になってほしいと言っているのです。聖女様、僕には貴女しかいません」

サンティが、焦った様子で、僅かに視線を落とす。ソフィアが振り払った右手は、自然と横に下ろされていた。

ソフィアの前にいるどこか悲しげなサンティの態度からは、ドラヴのような悪意は感じられない。だからだろうか、気付けばソフィアは言い返していた。

「あの、きっと人違いです。私は聖女なんかじゃありません！」

「いいえ、貴女はこの国にとって聖女様なのです。……貴女には僕と結婚する以外に道はありません。どうか僕と結婚を」

立ち上がったサンティが、ソフィアをまっすぐに射貫いてくる。しかしこんなに熱烈に求婚しているというのに、サンティの頬にはほんの少しも赤みがなかった。

ペリドットのような深みのある瞳は、ソフィアと、その背後にある鉄格子の取り付けられた窓を映している。拘束具こそないが確かに囚《とら》われているのだと、そしてこのサンティもソフィアを捕らえている側の人間なのだと、ソフィアは強く実感させられた。

口を開こうとしても、声が出ない。

何も言えなかった。

ソフィアの返事を待つサンティはまるで頷くまでは諦めないというような表情をしていて、見つめられているソフィアの呼吸が少しずつ速くなっていく。

どうしようかと思っていたとき、部屋にアニカが入ってきた。金の盆の上に、ポットとカップが一人分乗っている。

「ありがとう、アニカ」

「──また来ますね」

サンティは、まるでそれ以上の話をアニカに聞かれるのを拒むように、しゃらりと涼やかな音だけを残して早足でソフィアの部屋を出て行った。

4章　黒騎士様は苦悩する

ソフィアは部屋から出てみようと決め、アニカに片付けを頼んで一人きりになったところで扉を開けた。

やはり扉に鍵は無く、問題なく外に出ることができたソフィアは、不思議に思いながらも廊下に窓を見つけて駆け寄った。

部屋の窓とは逆方向のここからならば、建物の外の様子を見ることができそうだ。

この窓にも、やはり装飾のようにも見えるデザインの鉄格子が付いている。新しく取り付けたようにも見えないため、以前からあるもののようだ。建物の窓全てに同じものが付けられているのかもしれない。

その鉄格子越しに広がっていた景色は、ソフィアの想像を超えていた。

窓からは島の広範囲を一望できる。

「これが……ラクーシャ国――」

丸い島の外側が、高い塀によって海から切り取られているようだ、と思った。五百年もの間、一度も綻ぶことなく維持されてきたという結界だろう。

塀の向こうには海も見えるが、人間らしい姿は一人も見えなかった。

街道は円の中心に向かって等間隔にまっすぐ延びており、その間を繋《つな》ぐように同心円状の道が舗装されている。島の中心には山があるようで、中心に向かって延びる道はどれも山の下部分で途切れていた。

街道を、何人もの人が行き来している。

ソフィアがいる建物は、山の裾野にあるようだ。信心深い国民性か、皆外出のついでというように自然とこの建物に祈りを捧《ささ》げていく。

見える範囲にここより大きな建物はない。ソフィアが知る限り、サンティもドラヴもいかにも高位の者らしい服を着ていた。

まして大司教であるドラヴと、教皇を名乗るサンティがいるのだ。

ならば、この場所の国にとっての重要性も当然理解できる。

「ラクーシャ国は宗教主義だったはず……確か、独自の宗教を国教としている、って」

アイオリア王国の価値観で言えば、ここは王城だろう。ラクーシャ国独自の宗教であるセグレ教の大聖堂と考えるのが妥当だ。もしかしたらソフィアの呼称も、その宗教に由来する何かなのかもしれない。

「とにかく、どうにかして出口を探さないと」

指輪が奪われてしまった以上、ここから出なければ居場所を知らせる方法がない。

ソフィアは窓から離れて、唯一あった階段を駆け下りた。

窓から見る限り、ソフィアは大聖堂の最上階に部屋を与えられていたようだ。つまりここから出るためには、まず一階に下りなければならない。

急いで階段を下っていたソフィアは、上がってくる者達の足音と声に気付いて慌てて引き返した。身を隠そうと、適当な階で廊下に出て大きな壺《つぼ》の裏に身を隠す。

彼等はソフィアに気付かないまま、階段を上っていった。

安堵《あんど》の息を吐き壺の陰から出てきたソフィアは、改めて今いる場所を見回した。

静かな廊下だった。この階には窓が森側にしか無いことも影響しているのかもしれない。なんとなく薄暗く、温度まで低い気がする。

しばらく様子を窺《うかが》って誰もいないと判断したソフィアは、廊下の先を調べてみることにした。怖いけれど、大分下ってきたから、そろそろ裏口などがある可能性もある。

しんと静まった廊下に、ソフィアの押し殺した足音と息遣いだけが響く。

やがてソフィアが見つけたのは、大きく豪奢《ごうしゃ》な扉だった。

大きさはソフィアの背丈の倍近くある。扉は白く、金の装飾がされていた。セグレ教の宗教画だろうか、美しい女性とそれを崇《あが》める民らしき絵が描かれている。その絵の中にも金が使われているようで、少ない明かりを反射して鈍く光っていた。

見るからにこれまでの部屋とは異なっている。特別なものであるのは間違いない。

「この扉は、どこに続いているのかしら」

扉の先がどうなっているのかを窓から窺うことはできない。明らかに見た目から普通の部屋の扉ではないから、宗教的に特別な場所に繋がっているかもしれない。

しかしその扉は、森がある山側に付いていた。この先に続いている場所が屋外ならば、そこから逃げ出すこともできるかもしれない。

鍵穴は無い。ソフィアは思いきって扉のノブを握り締め、全体重を掛けて扉を引いた。

しかし扉はびくともせず、思いきり押してみても結果は変わらなかった。

「うーん……動かないってことは、鍵穴が無いだけで何か鍵があるのかしら」

魔道具であれば、魔力が無ければ動かない。持ち主や一族の血や魔力に反応するものも多いが、指輪を奪われたソフィアには魔力が使えない。

ギルバートの瞳と同じ色の藍晶石の指輪。元々それはソフィアの不自由をなくすためにギルバートが用意してくれたものだが、ソフィアにはそれ以上の意味があった。ギルバートがソフィアを想《おも》ってくれている証《あかし》であり、魔道具を使う度にギルバートとの繋がりを感じることができる心の支えだ。

これまでに何度も元気づけられてきた。

それが無いことが、今、こんなに寂しい。

ソフィアは両手をぎゅっと握って、落ち込んでしまった気持ちを奮い立たせる。指輪が無くても、ソフィアはギルバートの妻だ。ギルバートを信じていたいし、ギルバートに信じてもらうためにも、挫《くじ》けたくない。

「他のところも、見てみないと」

ソフィアは踵《きびす》を返して、来た道を戻る。

階段を下りて行くと、ついに一階に辿《たど》り着いた。

やはり窓には装飾に見える鉄格子が付いていたが、それでも、ここはとても明るい雰囲気だ。これまでの階よりも明らかに廊下に人が多い。

一階が主な作業場所になっているのか、聖職者風の服を着た男性が書類を抱えて歩いていたり、何人かで立ち話をしていたりと賑《にぎ》やかだ。ソフィアが出て行ったら、すぐに見つかってしまうだろう。

「どうしよう……」

今見つかったら、部屋に連れ戻されてしまうかもしれない。それならば、今は少しでも多く建物の中を見て回ろう。ソフィアは階段を上り、部屋に戻りながら人がいない階を調べてみることにした。

二階は一階同様に働いている人が多い。

三階はあの大きな扉があった階だ。

四階と五階には人がほとんどいない。小さな部屋も多いため、もしかしたら働いている人達の居住スペースなのかもしれない。

ここまで確認できる全ての扉を見てきたが、そのどれもに鍵穴が無く、ソフィアが開けようとしてもびくともしなかった。

そして六階。廊下に出ると、ソフィアに与えられた部屋がある階と作りがよく似ていた。

その階にあるのは、装飾された華やかな扉が一枚だけ。

ソフィアはどうせ開かないだろうと思いながら、中から物音がしないことを確認して、扉を引いた。

――ぎい。

「え？」

ソフィアは扉のノブを握り締めたまま、その場に立ち尽くした。

部屋はソフィアの部屋とほぼ同じ作りだ。室内の調度は、鮮やかな青と白を基調に纏《まと》められていた。

おそるおそる室内に一歩踏み込んだソフィアは、部屋の奥に本棚を見つけた。本がぎゅうぎゅうに詰まっており、はみ出した本が横に塔となって積まれている。

ソフィアはそこに並んだ本が気になって、おずおずと室内に足を踏み入れた。

しかし文字は見たことがないもので、背表紙に書かれた文字すら読めない。仕方なく適当に手に触れた本を取った。

本の表紙には、ラクーシャ国らしき丸い島の絵が描かれていた。ぱらぱらと頁《ページ》を捲《めく》ると、中には大聖堂や教会らしき建物が描かれている。

「歴史書かな……それとも資料集？」

他にも本の中には見たことがない魔道具や、不思議な図案のようなものが並んでいる。

文字は読めないが、絵を見るだけでも何か分かることがあるかもしれない。

ソフィアはその場で立ったまま本に集中していた。

それから、どれくらい時間が経《た》ったのだろう。三冊目の本を手にしていたソフィアは、ばたんと扉が閉まった音に驚き息を呑《の》んだ。

部屋の持ち主が戻ってきてしまったに違いなかった。

「貴女《あなた》は――」

聞こえてきたのは、涼やかなよく通る声。

ソフィアははっと顔を上げて、そこにいた人物に目を見張った。

「――どうしてここに」

「それは、僕の台詞《せりふ》ですよ」

部屋に入ってきていたのはサンティだった。すたすたと歩いてきたサンティは、少し手を伸ばせば触れることができそうなほど近くでようやく立ち止まる。

「こんなところでどうしたのですか？　僕の求婚に応じる気になりました？」

「……どういうことですか？」

ソフィアは咄嗟《とっさ》に閉じた本を胸元に抱えた。縋《すが》れるものは他に無かった。

入れたからといって知らない部屋に勝手に入ったのはソフィアだが、だからといってこんなに近くに立たれるようなことをしたつもりはない。

しかしサンティはソフィアが抱えている本をひょいと掴《つか》んで奪うと、近くのサイドテーブルに置いた。

それから、勝手に部屋に入った人間に対してのものとは思えない、慈愛とでもいうような教皇に相応《ふさわ》しい穏やかな微笑《ほほえ》みをソフィアに向けた。

「ここ、僕の私室ですよ」

「え……!?」

つまりソフィアは、ほぼ初対面の異性の部屋に勝手に入って、本棚を物色していたことになる。

「申し訳ございません……！　すぐに出て行きます」

慌てて出て行こうとしたソフィアの服の袖を、サンティが控えめにくいと掴んで引いた。

「……聖女様はどうしてここにいたのですか？」

「と、扉が開いたので」

「――そうですね。知らないと思うので教えますが、左手の腕輪が鍵になっているんです。腕輪ごとに、開けることができる扉が決まっているのですよ」

言われてみると、確かにサンティの左手首にもソフィアにつけられているものと同じ腕輪がある。

サンティはソフィアの左手首の腕輪に触れて、そこに書かれている模様を指でなぞった。

「聖女様の腕輪は、ご自身の部屋と僕の部屋に入れるようですね」

「そんな……」

この腕輪をつけている限り、その二部屋以外の扉を開けることはできない。そしてこの腕輪の外し方をソフィアは知らない。つまり出口を見つけたところで、この大聖堂から脱出することはできないということだ。

ソフィアはサンティが手を離した腕輪を守るように引き寄せて、ぐっとサンティを見つめた。

「私には母国に夫がおります。教皇様のご命令に従うわけには参りません。ですので、求婚はお断りいたします」

「僕は気にしませんよ」

「夫以外の男性を、愛することはありません……っ」

「高位の者の結婚に愛が必要なのですか？」

サンティの言葉に、ソフィアは言葉を詰まらせた。

「……それは」

サンティは教皇だ。もしこの国でソフィアが特別な聖女であるのならば、その結婚は個人の意思でどうこうできるものではない。ソフィアはアイオリア王国の人間だと言って心は逃れることができるが、サンティに自由な意思が認められることは無いだろう。

「でも、聖女様が必要だと言うのでしたら、僕が愛しますよ」

サンティが一歩、ソフィアに近付く。

「何を言っているのですか⁉」

ソフィアはすぐにサンティから距離を取ろうと、近付かれた分だけ足を引いた。

詰め寄ってきたサンティが、ソフィアの顔に手を伸ばす。指先が頬に触れ、ぴりっとした感覚が皮膚に走った。

サンティは、笑っていた。

「……愛してあげます、僕が。貴女が望むのでしたら」

「結構です！」

ソフィアはじりじりとサンティから距離を取り、二メートルほど離れた瞬間踵を返して逃げ出した。扉を開けて階段を上り、与えられた部屋に駆け戻る。

サンティは追ってはこなかった。

扉を勢いよく閉めて、壁に背中を預けて座り込む。

乱れた呼吸と鼓動が煩い。

怖かった。

優しげに笑っていたのに、どうしようもなく恐ろしかった。

「はぁ……はあっ。な、んだったの……？」

誰に聞かせるつもりもない独り言《い》だったが、部屋にはアニカがいた。アニカは小さな身体《からだ》で大きなポットを抱えてまた茶を淹れている。

嗅いだことのない花の香りが漂った。

「あ、あの……」

アニカがソフィアに目を向ける。人見知りなのだろうか、なんとなく怯《おび》えているように見える。

ソフィアは呼吸を落ち着けてゆっくりと立ち上がった。

「どうしたの？」

「……新しいお茶、淹れました」

小さな声は子供らしく高い。

ここを出る前に茶は飲んでいたが、ソフィアの喉はからからだった。

ソフィアは小さく溜息《ためいき》を吐《つ》いて頷《うなず》いて、ソファに腰掛けた。念のためアニカが用意するために使った茶葉等が置かれたトレイを目で確認したが、少なくとも変な薬や毒を入れられたりはしていないようだった。

「ありがとう、いただきますね」

ソフィアは茶が入ったカップを右手で持ち、味を確かめるように少しだけ飲む。

いつも飲んでいるものよりも苦味が強くさっぱりとしている茶だ。こうして飲んでいると、目の前に花束でも突きつけられたかのように濃厚な花の香りがする。

飲みづらいが、まずくはなかった。

少しずつ飲んでいると、アニカが思いきったというように、ぐっと勢いよく顔を上げた。

「あの、聖女さま！」

「なあに？」

ソフィアは少しでもアニカに威圧感を与えないように、ゆったりと穏やかに問いかける。アニカは言いづらそうに指先をもじもじと動かしながら、口を開いた。

「あ、あの……あんまり勝手に部屋から出ないでください。お願いします……っ」

ソフィアはアニカの言葉に息を呑んだ。

この女の子に、こんなことを言わせている大人が許せない。子供を見張りにつけて、逆らえないようにするなんて、酷《ひど》い。

しかし囚《とら》われのソフィアにはどうすることもできなかった。

アニカの言葉はすなわち、ソフィアを攫《さら》った者達の言葉なのだ。

「――分かったわ。ごめんね」

俯《うつむ》きがちに言ったソフィアを見て、アニカが泣き出しそうに顔を歪《ゆが》めた。

◇◇◇

ソフィアがラクーシャ国に攫われてから二日後、エラトスの図書館でラクーシャ国について調べていたギルバートの元をコンラートが訪れた。

「コンラート陛下」

「ギルバート殿、渡航許可証が手に入ったよ」

コンラートが大きな封筒をギルバートの目の前にちらつかせる。そこには、ラクーシャ国の印がしっかりと押されていた。

「場所を移そう。私の執務室に来てほしい」

「かしこまりました」

ギルバートは歩き始めたコンラートの後を追った。

外交の途中で起こった火事について、コンラートは巡回中の騎士がランプを落としたことによる事故として発表した。そのため翌日の茶会は庭園ではなく屋内のサロンで開かれた。

急にいなくなったソフィアについては、黙っていて疑念を抱かれては困るため、嘘《うそ》を織り交ぜて公表した。

ラクーシャ国の祭祀《さいし》に公式に協力をするため、急遽《きゅうきょ》ソフィアが招かれたことにしたのだ。

謎の多い国だからこそ、攫われたのではなく招かれたことにすれば名誉になる。独自の宗教国家なのだから、祭祀と言っておけば誰も深く問うことはできないだろう。

これまでラクーシャ国と繋がりの無かったアイオリア王国の者が、鎖国中にも拘《かか》わらず呼ばれる。これは異例なことで、歴史の重要な転換点になるのではないかとまで言われていた。

コンラートは自身の執務室に着くと人払いをした。

二人きりになった室内で、ギルバートはコンラートと向かい合う。

「待たせてすまなかったね」

コンラートが封筒をギルバートに渡す。ギルバートは中に入った許可証を見て、眉を寄せた。

今回ラクーシャ国に行くことが認められたのは、ラクーシャ国がエラトスとの会談の約束をすっぽかしたからである。

会談で決めるべきだったのはラクーシャ国から輸入している魔石の取引価格と関税率だ。定期的に見直しをしている条項で、会談を行わなければ継続して取引ができない。それはラクーシャ国も避けたかったのだろう。貿易をしているのはエラトスだけなのだ。

本来であればラクーシャ国がエラトスに再度訪問するべきなのだが、それではソフィアはラクーシャ国に残されてしまう。

しかしラクーシャ国は小さな国で、運営している宗教組織の構成員はそう多くない。

そのためコンラートは、会談場所をラクーシャ国内にするよう説得したのだ。エラトスの国王が直接行ってやるのだからと言って、三日間の滞在をもぎ取った。行ってしまえば、理由をつけて引き伸ばすことはいくらでもできる。

「――『コンラート陛下と、護衛一名』ですか」

「そう。最初は私だけで来いと言っていたから、あちらとしては譲歩のつもりなのだろうね。国王に護衛をつけないなんて非常識だと強く言って、どうにか一名ならと許可をもぎ取った」

ギルバートは許可証を封筒に戻して、コンラートに返す。

「護衛一名と書かれていますが、もう決めていらっしゃるのですか？」

「いや……これは」

封筒を受け取ったコンラートを、ギルバートはまっすぐに見つめた。

待っていることなどできない。

ギルバートに選択肢はなかった。

「コンラート陛下には受け入れづらいことかと思います。ですがどうか私を、ラクーシャ国に連れて行ってください」

コンラートが驚いたように目を見張り、すぐに一度しっかりと頷いた。

「――そのつもりだ。ギルバート殿、私の護衛としてラクーシャ国に共に来てくれ」

驚いたのはギルバートの方だった。

国王の護衛が他国の騎士一人だけなどまずあり得ないことだ。最悪の場合、どうすれば忍び込めるかとまで考えていた。

それなのにコンラートは、ギルバートの提案に抵抗をするつもりがないようだ。

「よろしいのですか」

「勿論《もちろん》だ。……以前迷惑をかけてしまった分、今回は夫人にエラトスを楽しんでもらいたかった。本当は私自身の手で、王都を案内しようかとも思っていたんだ。それが……また白国でこのようなことになってしまって……巻き込んで、申し訳ない」

コンラートがはっきりと腰を折って謝罪する。

ギルバートはそれを見下ろしながら、ソフィアのことを思った。

今頃どうしているだろう。大司教という地位ある人間に連れ去られたのだから、組織的なものだ。自由は無いとしても丁重に扱われてはいるはずだ。ある意味、身の安全は保証されているといえる。

だからこそ、何かが起こる前に取り返さなければならない。

もう恐ろしい思いなどさせたくなかった。

「私こそ、ありがとうございます。悪いのはコンラート陛下ではありません。他国の貴族夫人を攫っていくなど。常識が無いことをしているのはあちらです」

感情をさらけ出してはいけない。今ギルバートが感情を表に出したら、きっと腕輪が壊れて部屋の魔道具を壊し、エラトスの王城を荒らしてしまうに違いない。

ギルバートが意識して温度が無い声で言うと、それを聞いたコンラートが顔を上げた。

ソフィアと離れているのが不安で連れてきたにも拘らず、結局引き離されてしまった。

ギルバートが陽動で用意された事件を解決している間のことだった。どれだけ悔やんでも、今ソフィアはギルバートの側《そば》にはいない。

それでもソフィアならば、すぐに指輪でギルバートに居場所を教えてくれると思っていた。攫われてから二日も経つのに、ソフィアは魔道具を使わずにいる。

魔道具が近くに無いのか、指輪を奪われてしまったのか。拘束されているか意識が無くて、魔道具を使うことができる状態にないのか。

考えると恐ろしくなる。

大人になってから、ギルバートには怖いと思うものがほとんど無かった。魔獣討伐も、戦地の炎も、フォルスター侯爵の地位も、他人の目すら恐怖の対象ではなかった。

それなのに、今、ソフィアがここにいないことが何より恐ろしい。

ソフィアが今どうしているのか分からないという事実は、ギルバートには耐えられるものではなかった。

「夫人がどう扱われているかは分からないが、大司教達が連れて行ったのだから間違いなく大聖堂にいるだろう。会談場所を大聖堂にさせたかったが、それはどうしても無理だった。……ラクーシャ国唯一の港から最も近い司祭の邸宅に、大司教が二人来ることになっている。会談が終わったらすぐに国を出るよう言われるだろうから、理由を付けて引き延ばし、大聖堂に潜入する機会を作りたい」

コンラートがギルバートの目をまっすぐに見つめた。

「はい。必ず……取り返します」

ギルバートもまた強い意思を持ち、両の拳をぎゅっと握った。


翌日、ギルバートとコンラートは転移装置でエラトスの港へ移動し、そこからエラトス王家が所有する船に乗った。

この船の動力は魔道具だが、王家のものだからと大陸でも最新式のものらしい。船尾に真っ白な水しぶきを激しく立てている。しかもギルバートが船ごと軽量化と強化の魔法をかけているため、普段以上の速度が出ていた。

操縦士が目を丸くしているが、どことなく楽しげなのは気のせいではないだろう。

コンラートがギルバートの魔法を見て溜息を吐く。

「――こんな魔法があるなど、初耳だが」

「国外に普及しないよう、情報統制をしているそうです。陛下もご協力をお願いいたします」

ギルバートは大抵のことを魔法でやってしまうが、本来、属性がはっきりとした魔法以外はとても扱うのが難しいらしい。特に魔力が多く強い魔法が使える人間ほど、細かな威力の調整が難しい。

強い火を適当に出すならば簡単だが、使いやすい火を指先に出すとなると、難易度が上がる。

ギルバートは多すぎる魔力を持って生まれ、魔法が得意だったがために、幼少期からずっと出力の訓練を続けている。そのため、他の魔法使い達よりも出力の調整や魔法の方向付けが得意だった。

ソフィアの髪を乾かすときの魔法も、寒いときに使っている魔法も、その結果だ。

この魔法も魔法式にしようと思えばできるのだが、ギルバートの魔法は一部を除き国外秘となっている。それはアイオリア王国にとって周辺国家が脅威になる可能性があり、万一のときにギルバートが切り札となることが分かっているからだった。

強化と軽量化の魔法など、使いようによってはとんでもない兵器を作ることができてしまう。

「ああ、そうだろうね。誰にも言わないから安心して良いよ」

コンラートが真面目な顔で言う。

ギルバートは魔法で髪を濃茶に染め、いつも身につけている白金の腕輪をくすませている。服もいつもの黒い騎士服ではなく、コンラートの側近と同じ白色の装飾が多い騎士服を着ていた。

唯一変えていないものは剣だ。これだけは使い慣れたものでなければ感覚が狂ってしまうため、柄《つか》の装飾を布を巻いて隠している。

「ジル。君は大司教達に疑われない範囲で、夫人の救出を一番に考えて動いて構わない。私の方はどうとでもなるからね」

ギルバートをジルと呼ぶコンラートは、瞳の中に後悔の色が満ちている。ギルバートもまた、かつて協力した頃を思い出しながら、現在の居場所に相応しい視線をコンラートに向けた。

「陛下」

「夫人を無事に連れ帰ることが最優先だ」

船の汽笛が鳴る。

「ありがとうございます。ソフィアの居場所は私の隣です。何があっても……絶対に取り戻します」

ギルバートが拳を握る。

ラクーシャ国の結界が、海岸線に沿って迫り立っていた。

小さな島国にも拘らず、いや、だからこそ、入国することは難しい。無理に入国しても異国人はそれだけで異質で、排除対象になりかねない。

この中に、ソフィアがいる。

「陛下、ありがとうございます。……ここからは私は陛下の護衛騎士ジルです。ソフィアの話も、以降はされませんよう」

「分かった。よろしく頼む」

「私こそよろしくお願いします」

近付くにつれて、島は大きく、壁は高くなってくる。

しばらくして船は唯一の港に到着した。上陸できるのは二人だけのため、操縦士は魔道具で連絡をしたら迎えに来ると言葉を残して去っていった。

目の前には、小さな木製の扉が一つ。

コンラートの到着を知って待っていたらしい黒髪の男性が、扉の前に立って頭を下げている。

「参りましょう」

コンラートが頷いて、一歩前に踏み出す。

ギルバートも後を追いながら、男性の様子を観察する。肌は日焼けのためか浅黒く、聖職者のような白を基調とした異国感が強い服を着ていた。

コンラートが男性の前で立ち止まる。

「──エラトスから来たコンラートです。これは私の護衛騎士のジル。今日から世話になります」

「国王陛下、ようこそおいでくださいました。本日よりお二人のお世話をさせていただきます、セグレ教司祭、ネーヴェと申します。よろしくお願いいたします」

ネーヴェはアイオリアとエラトスで使われている共通語で挨拶をする。それからしっかりと微笑んで、コンラートが差し出した右手を握り握手をした。

どうやらこのネーヴェという男性はこちらの作法を尊重する方針のようだ。

共通語が使えるのも、港がある領地を預かっているが故だろう。鎖国しているラクーシャ国だからこそ、唯一の貿易相手であるエラトスは大切な存在だ。

ギルバートもコンラートの隣に立ち、すかさず右手を差し出した。

「ジルです。今回は急なお話にも拘わらず、滞在を許可していただきありがとうございます。護衛だけでなく陛下の予定管理も私の方でしておりますので、滞在中に何かございましたらお申し付けください」

ギルバートの右手を、ネーヴェがしっかりと握る。

「お心遣いありがとうございます」

ギルバートの手を握ったネーヴェから情報を読み取っていく。

ネーヴェは確かにセグレ教の司祭だ。ラクーシャ国では、司祭とは地域の教会を運営する人間というだけではなく、一地方の領主でもあるらしい。

円の中心にある山から大聖堂までの地域が聖域で、その外側を十六等分し、地方として分割している。普段国民が祈りを捧げるのは地方の教会であることが多いため、領民の声を直に聞くことができる仕組みのようだ。

ネーヴェは、セグレ教の教えに忠実な敬虔《けいけん》な信者だった。

唯一の港がある地域を治めさせるために選ばれたからだろうか、性格は生真面目で、職務にも忠実。特に魔石の輸出時には必ず自ら同席するらしい。

今回コンラートを邸《やしき》で迎えるために、準備を頑張っていたようだ。しかし嬉《うれ》しいのはコンラートが来ることよりも、大司教達が来ること。目に留まることができやしないかと期待しているのが分かる。

少なくとも、悪人ではなさそうだ。

ギルバートは握手の手を離して、ネーヴェが用意していた馬車に乗り込んだ。


ネーヴェの邸は、アイオリアの男爵邸程度の規模だった。

馬車の窓から見た限りでは、この小さな島では特に大きな建物だ。

ネーヴェに案内され、最も良い客室にコンラートが、その隣室にギルバートが宿泊するように言われ、コンラートがそれを拒否してギルバートを同室にするよう頼んでいる。

情報を密に共有するためには、同室にした方が疑われないだろうと考えてのことだ。

「で、ですが」

「私は見知らぬ国で、一人きりの部屋で眠れるような立場ではないのです。分かっていただけますね」

「……仰《おっしゃ》る通りでございます」

ネーヴェは仕方がないというように頷く。

「ああ、でも、ジルが寝る場所が無いのは困りますね。使っていないソファでもあればいいのですが」

コンラートがまるでそれが当然という態度でネーヴェに言う。

ネーヴェはコンラートに言われた通りすぐに使用人に指示を出し、コンラートの客間にはギルバートでも余裕で眠ることができそうな大きなソファが運び込まれた。

ギルバートはネーヴェがいなくなったところで、すぐに魔法で部屋に盗聴や盗撮を目的とした魔道具が無いか確認する。魔力を丁寧に隙間無く部屋に巡らせたギルバートは、予想外の結果に目を見張った。

コンラートがギルバートの様子を見て、首を傾《かし》げた。

「どうした？」

「この部屋だけでなく、この邸には一つも魔道具がありません」

「は？」

それは、とても異常なことだった。

ギルバートの部屋には、魔道具が一つも無い。幼いソフィアが住んでいたレーニシュ男爵邸もそうだった。しかしそれは、ギルバートとソフィアの特殊な体質があってのこと。

一般的に魔道具は生活に根付いており、アイオリアでは良質な魔道具が平民の家にまで普及している。エラトスでさえ、使い捨ての魔道具程度はどこの家にもあるだろう。洗濯や料理等に魔道具を使わないとなると、とても大変だ。

ギルバートは確認のために寝台の横に置かれたランプに近付いた。スイッチを探したが見当たらず、代わりにその側に置かれた小さなマッチを手に取る。

コンラートが目を丸くする。

「マッチなんて、もう随分見ていなかったよ」

「そうですよね」

ギルバートはマッチに火をつけて、オイル式のランプをつけた。

「……何故《なぜ》なのか、あの司祭に聞いてみよう」

「今夜ですか」

「ああ」

話しながら、ギルバートは二人分の荷物を片付けていった。ギルバートの荷物はトランク一個だけ。コンラートもそう多くないため、あっという間に終わる。

窓からは夕日が差し込み、室内を赤く染めていた。

そのとき、入口の扉が軽く叩《たた》かれた。返事をすると、外からメイドらしき声がする。

「コンラート陛下、お食事の支度ができました」

「今行こう」

短く答えたコンラートが、簡単に身支度を整える。ギルバートはコンラートの後を追って、ランプをつけたまま部屋を出た。

廊下を抜けて一階の食堂へ。案内している最中もコンラートとギルバートの姿に気を取られてちらちらと見ているメイドの視線に気付かないふりをして、ギルバートは邸の様子を観察した。

白い壁に金の装飾がされており、床は木でできている。見慣れたアイオリアの邸と似ている気がしたが、それは廊下だけだった。

食堂の大きな扉を開けると、室内は色鮮やかな布で装飾された華やかな空間が広がっている。意図して曲線的なデザインの柱が剥《む》き出しにされているのは、ラクーシャ国の伝統建築のようだ。

食堂には大きなテーブルと椅子が用意されている。

エラトスで読んだ本では手で食事をする文化があると書かれていたが、カトラリーはアイオリアやエラトス同様に用意されていた。

コンラートがそれを見て、小さく笑う。

「──歓待感謝します」

「そう言っていただけて光栄でございます。ジル様のお食事は……」

「私は別で──」

「私と共に用意してください」

断ろうとしたギルバートを遮って、コンラートが答える。ギルバートが困惑した顔を作ると、コンラートは笑った。

「ジルも、食事は一緒にしてしまった方がいいと思うよ」

「それでは、お言葉に甘えます」

言われてみれば、コンラートが許可してくれているとはいえ、食事のためだけに見知らぬ国で護衛対象から離れることは避けたい。ネーヴェが用意すると言うのなら頼んでしまった方が良いだろう。

ギルバートは一年前に使ったジルの性格を思い出しながら返事をして、コンラートよりも入口に近い席に腰を下ろす。剣は手放すことができず、いつでも抜けるように意識した。

用意された食事は、香辛料が多く使われたものだった。一年中暑く雨が少ない国のため、食品をしっかり保存するための知恵のようだ。

ギルバートはネーヴェに気付かれないように、こっそりとコンラートと自分に食事が運ばれる度に魔法を使い、毒が使われていないことを確認した。

ギルバートがほぼ無言で食事を進めていく間も、コンラートはたわいもない話から自然な流れで聞きたいことへと会話を繋げていく。

「素敵な部屋を用意してくれてありがとう。しかし、この邸には魔道具が無いのですね」

「ああ、そうでございますね。エラトスと比べますとご不便をおかけし申し訳ございません」

「いいえ、謝罪してほしいのではなく……何か理由があるのかと気になっただけです」

コンラートが朗らかに笑うと、ネーヴェは安心したように肩の力を抜く。二人の視線は、テーブルの上で揺れているランプの炎に向けられていた。

「セグレ教の教義をご存じですか？」

「自然を大切にする教えであるということは知っています」

「そうでございます。正しくは、『自然の状態』を大切にするというものです。そのため、セグレ教を国教とするラクーシャ国では、魔道具と魔法は一般的に使われません」

「魔法もですか」

「はい。魔法に関しては教える者もおりませんので、子供のうちから使ってはいけないと教えております。何か事件が起きてしまっては大変ですから」

「それは、確かにそうですね」

ギルバートが幼少期に魔法の勉強ができたのは、父親によって結界が張られた部屋があったからだ。それが無ければ魔力のコントロールを学ぶ方法も無かっただろう。

ならばいっそ使ってはいけないと教え込まれた方が楽だ。

しかもセグレ教は魔法によって自然の状態を歪めないようにと説いている。大人達は我が子から魔法を取り上げることに躊躇《ちゅうちょ》しないに違いない。

「ですので、この邸にも街にも魔道具はございません。暗くなれば家に帰るのが一般的な生活様式で、一部の繁華街などでは街灯に火を入れる仕事もあります」

「それはすごいですね。大聖堂も同じなのですか？」

「ええ。教徒なら誰でも入れる祈りの間がございますが、シャンデリアには蝋燭《ろうそく》の明かりが使われています」

「シャンデリアまで！」

コンラートが驚きの声を上げる。

ギルバートも驚きを隠しきれず、見開いた目を誤魔化すように伏せた。

シャンデリアの明かりを灯《とも》すのは重労働だ。それまで魔道具ではないというのは、本当に徹底している。

コンラートが驚いている様子を見てネーヴェが苦笑する。

「私共にとっては、これが普通なのです」

「ああ、いえ。失礼しました。すごいなと感心していたのです。——ああ、大聖堂といえば、最近何か良いことがあったのでは」

コンラートが話題を変える。

遠回しに、最近の変化を聞くことでソフィアの情報を得ようと思ったのだろう。

「聖女様の祭祀のことですね！　大司教様からお聞きになったのでしょう？」

ネーヴェが嬉しげに両手をぱんと合わせた。その様子から、ネーヴェはソフィアのことを知らないのだと思わされる。

ギルバートの耳に、『聖女』という言葉がざらりと不快な音として届いた。

「……祭祀とはどのようなものなのですか？」

「十年から二十年に一回行われる特別な行事です。セグレ教の信仰対象は自然なのですが、特に島の中心にある山は特別な存在なのです。その山にある聖堂で、選ばれし聖女が特別な祈りを捧げるのです」

「聖堂で……」

「司祭も立ち入りが許されていない、神秘的な場所です。今年は初めて、最も美しい『純白の聖女』が見つかったという話で……今、聖職者の間ではその話題で持ちきりですよ！」

興奮気味のネーヴェに、コンラートの肩がぴくりと動く。

「純白の聖女、ですか？」

「ええ。いつもの選定ではなく、預言によって見つかったのだそうです」

神秘的な言い方をしているが、おそらくこれは急遽攫ってきた事実を隠すためのものだ。だとすると、その『純白の聖女』とされているのはソフィアと考えて間違いないだろう。

ギルバートは嫌な予感がした。

それまで黙って話を聞いていたが、どうしても直接聞かずにはいられなかった。

「……その聖女は、祭祀が終わるとどうなるのですか？」

こんなに信徒から熱狂を受けている『純白の聖女』ならば、儀式が終わった後であってもセグレ教にとっての利用価値は無くならないだろう。

ならば、ソフィアは。

「大聖堂の内側に入った者は、生涯神に仕えることと決められています。ラクーシャ国では大聖堂の中に入ることができる者は特権階級です。選ばれし聖女様も、生涯を神に捧げる栄誉を得られるのです」

テーブルの下で、ギルバートは拳を握る。

本人の許可無く無理やり連れ出したのは、ソフィアに選択の自由が無いからなのだ。選ばせたら、信仰してもいない宗教のため生涯を捧げる聖女など、絶対に引き受けない。

「そうなのですか。……興味が湧いたのですが、セグレ教の聖書ってありますか？」

「ああ、ご興味がおありでしたらお貸しします。後ほどお部屋に届けさせましょう」

「ありがとうございます」

内心の怒りを抑え、ギルバートはネーヴェに友好的な笑みを向けた。

ギルバートはその日の夜、メイドから受け取った聖書を読んだ。

聖書は歴史書のような構成になっていた。

最初の人間と、世界の始まり。そして崩壊の危機と、選ばれし者を守る壁。それらはきっと、ラクーシャ国の成り立ちを神話のようにしたものだろう。

自然を愛し、自然と共に生きることを説く教義自体に意見するつもりは無い。ギルバートが気になっているのは、聖女の祭祀だ。

ギルバートは該当の箇所を探す。急《せ》いた気持ちで次々と頁を捲り、聖女、と書かれたところで手を止めた。

それは、救世主として書かれている。

「――神に仕え声を聞きし者、純白の聖女と共に山へ祈る。山はデオドゥートと共に受け入れた。世界は壁によって崩壊を免れ、聖女は山へ向かった」

これは初代聖女だろうか。

歴史と組み合わせるとしたら、五百年前に起こった戦争からラクーシャ国を守った結界を作ったのは、聖女と『神に仕えた者』ということだろう。『山へ向かった』というのは、山に聖堂か何かがあるのか、それとも結界を作るために犠牲となったのか。

デオドゥートというのが何かは分からないが、セグレ教の何かだろう。分からないため、一旦記憶に留めておく。

次の章では『神に仕えた者』が大聖堂を建て、国民に祈りの場を作っている。

聖書の続きを読んでも、初代聖女は登場しない。代わりに、数十年後に訪れた世界の危機で別の聖女が現れ、やはり山へ向かったとされている。

続きでも聖女は数度登場したが、全員別の聖女として見るのが妥当だろう。しかし初代聖女だけは『純白の聖女』と呼ばれている。

ネーヴェがソフィアを呼んだのと、同じ呼称だ。

「ソフィアは『純白の聖女』らしいが、きっとアイオリアにいたソフィアを見つりたのは偶然だろう。……祭祀の時期が決まっていたならば、別の聖女が選ばれていたはずだ」

聖女選定はどのように行われているのか。

聖書に幾度も登場し、神聖な山へ向かう聖女達。ネーヴェは聖女に選ばれることを栄誉であると言っていた。

「——明日以降、調べる必要がありそうだ」

ソファに寝転び目を閉じる。

いつまでも眠気が訪れない夜の中、ギルバートはただひたすら瞼《まぶた》の裏の暗闇を見つめていた。

５章　令嬢は真実に近付く

ソフィアは一人きりの部屋で重い溜息《ためいき》を吐《つ》いた。

ソフィアがラクーシャ国に連れてこられて三日が経《た》った。その間、ソフィアは毎日部屋を出て大聖堂の中を探索していた。

部屋は鍵が無く自由に出入りできるため、建物の中ならばいつでも出歩くことができる。

それならばいっそ誰かに話を聞いてみようかと思ったのだが、廊下で出会う神官に話しかけても、言葉が全く通じず会話にならなかった。

「どうしたら出られるのかしら……」

翻訳のための魔道具が置かれている部屋は、ソフィアに与えられた聖女の部屋と、教皇サンティの部屋だけだ。ここに置かれているのは、ソフィアの元に来る者達が会話できないと困るからだろう。サンティの部屋にあるのは、ソフィアが部屋に行くことを想定しているからだろうか。

思えば、どの部屋にも入ることができなかったソフィアだが、サンティの部屋にだけは入ることができた。つまり、サンティ個人やドラヴの都合だけでなく、ラクーシャ国の総意としてソフィアをサンティと結婚させようとしているのかもしれない。

ソフィアはギルバート以外の人と結婚なんてしたくないし、させられたくない。何が何でもここから逃げなければならないという気持ちは、更に強くなっていた。

「とにかく、あちこち見て回るしかないかしら。ここにいても……誰か来るだけだもの」

ソフィアの部屋には、世話係兼監視役のアニカと、一方的に口説いてくるサンティ、そしてセグレ教を布教するドラヴが来るだけだ。

世話係にと言われたアニカは、今はドラヴに呼ばれてどこかに行っていた。アニカは無害だがずっと側《そば》にいられると息が詰まるし、サンティに口説かれても怖いだけだ。

ドラヴの話はこれまでアイオリア王国の緩やかな宗教観で生きてきたソフィアには理解できない。

ここから逃げ出せなかったとしても、誰かが帰ってくる前に部屋を出てしまいたい。

ソフィアは立ち上がり扉を開けた。廊下に出て、階段を下りていく。

途中人の声がして、ソフィアは適当な階の廊下に逃げた。物陰に隠れてやり過ごそうと、その場にしゃがみ込む。

もう三日繰り返しているので、そろそろ建物の構造について詳しくなってきた気がする。

しかし出口に繋《つな》がっているであろう扉は人通りの多い一階にあり、しかも扉はソフィアには開けられないようになっている。誰かを説得して味方にできないかと考えたが、そもそもソフィアは特定の部屋以外で誰かと会話をすることができない。

もう三日間、誰にも名前を呼ばれていない。誰もがソフィアを『聖女様』と呼ぶ。

ギルバートと繋がっている藍晶石の指輪も、フォルスター侯爵家の人間である証拠になる結婚指輪も、アイオリア王国で使っていたものも何も無い。

入浴で使われる石鹸《せっけん》も、部屋で焚《た》かれる香も、どれも知らない匂いばかり。いつの間にかソフィア自身の香りも、これまでのものとは変わっているだろう。

ならば、ソフィアは一体『誰』なのか。

曖昧になっていく気がして、誰も教えてくれなくて、ソフィアは両手で顔を覆った。

ギルバートに強すぎるくらいきつく抱き締めてほしい。繋ぎ止めて、何度も『ソフィア』と繰り返し名前を呼んでほしい。ギルバートの香りに包まれて、こんな不安、全部なくしてほしい。目を閉じて思い出すその姿だけが、ソフィアをソフィアでいさせてくれた。

「……弱気になっちゃ駄目。絶対にここから出て、家に帰るんだから」

こんなところで、聖女になんてされたくない。もう昔のように、望まない生き方を黙って受け入れることなんてしない。

ソフィアはぎゅっとスカートを握り締めて立ち上がった。

「入れる部屋は、聖女の部屋とサンティ様の部屋だけ……それなら、サンティ様の部屋から情報を集めるしかない……わよね」

今、ソフィアに無いものは情報だ。

ソフィアの部屋にはないが、サンティの部屋には本がたくさんあった。文字が読めなくても、ラクーシャ国やこの建物のこと、聖女のことが、何か分かるかもしれない。

日中はサンティも教皇としての務めがあるのか、部屋にいないことが多いようだった。

ソフィアはサンティの部屋がある階に戻り、そっと扉に耳をつけた。中から物音がしないことを確認して、軽く扉を叩《たた》いてみる。

中から返事がなかったため、ソフィアはそっと扉を開けた。

「お、お邪魔します……」

滑り込むようにして中に入り、すぐに扉を閉める。

中にずっといたら、またサンティが戻ってきてしまうかもしれない。ソフィアはすぐに目当ての本棚の前に移動して、めぼしい本を次々確認していった。

文字は分からないので、できるだけ絵と図が多いものでなければならない。

早く、早くと急ぎながら、ソフィアは五冊の本を選んだ。

できた隙間に、近くの山から適当に五冊を選んで差し込む。サンティならば持ち出したと気付いてもそこまで怒らないと思うが、できれば気付かれない方が良い。

今日はもう本を読んで過ごそうと決めて、ソフィアは部屋に戻ることにした。階段を上っていると、途中で上階から声が聞こえてくる。

もしかして、ソフィアの部屋にドラヴがいるのだろうか。本が見つかって何か言われたら厄介だ。

ソフィアは残りの階段を駆け上って、本を階段の裏側に隠した。

声は部屋の中から聞こえてくる。まさかドラヴが一人きりで何かを言っているわけがないから、中に他にも誰かいるのだろう。

ソフィアは扉の隙間から、そっと中を覗《のぞ》いた。

「――この役立たずが！」

ドラヴの低い怒鳴り声に、ソフィアは思わず身を竦《すく》めた。身体《からだ》が強《こわ》ばる。

しかしその言葉は、ソフィアに向けられたものではなかった。

部屋の中から、すすり泣く声が聞こえてくる。

「聖女ではなくなったお前のために、誰が金をかけてやっていると思っている⁉」

「……ごめんなさい」

か細い声は、少女のもの。

ドラヴと向かい合って立っていたのは、アニカだった。細く小さな身体と、白い髪。この三日、慣れた様子でアンティーク調度を使っていた姿を思い出す。

「中途半端な魔力の出来損ないが。教皇様があんな提案をなさらなければ、鈍臭いお前など『純白の聖女』様が見つかったときに処分できたのに」

ソフィアは息を呑《の》んだ。

出来損ない。処分できた。それは、この小さなアニカに向けられた言葉だ。

「勝手な行動をさせるなと言っただろうが。仕事もできない屑《くず》め」

「ご、めんなさ――」

ドラヴが大きな手を振り下ろす。

ばしん、と乾いた音が鳴った。アニカの小さな身体はその衝撃に耐えられず、思いきり床に叩きつけられる。

ソフィアは咄嗟《とっさ》に部屋に駆け込んだ。

背後に倒れたアニカを庇《かば》って、ドラヴを睨《にら》む。

「何をしているんですか!?」

毅然《きぜん》と立っていることはできなくて、膝をついて、震える両腕を広げた。そんなソフィアを見下ろして、ドラヴは困ったようにわざとらしく眉を下げた。

「……おや、これはこれは、聖女様。どちらに行かれていたのですか？」

「私は、何をしているのかを聞いているのです」

ソフィアはまっすぐにドラヴの目を見据えて問いただす。

大人の男性が、アニカのような子供を怒鳴り殴り飛ばしたということに、どうしようもなく恐怖と怒りを抱いていた。向かい合ってはいけない感情に蓋をして、震える腕を必死で伸ばす。

しかしドラヴはすぐに胡散臭《うさんくさ》い笑顔を浮かべた。

「仕事をしない者がいたので、少々罰を与えていただけでございます。聖女様には関係ございませんので、お気になさらないでください」

それが当然だという態度に、ソフィアは腹が立った。

アニカの仕事はソフィアの見張りなのだろう。ならば、アニカが怒られたのはソフィアのせいだ。

「そうですか。その罰を、私の部屋でする必要があったかは分かりませんけれど……もういいです。この子に仕事を頼みたいので、少しでも早く席を外していただけますか？」

はっきりと言うと、ドラヴは感情を無理やり抑え込むようにぐっと肩を落として頭を下げた。

「かしこまりました。何かございましたらお呼びください」

「そうですね。必要ないと思いますが、そのときには」

ドラヴはソフィアを仮面が剥がれた鋭い目で睨んで、舌打ちだけは我慢したというような態度でどしどしと部屋を出て行った。

扉が閉まって足音が聞こえなくなってから、ソフィアはようやく両腕を下ろす。振り返ると、アニカは打たれた左頬を赤くして、ソフィアのことを涙目で見つめていた。

ソフィアは床に座って、アニカと目線を合わせて曖昧に微笑《ほほえ》んだ。

「ごめんなさい、アニカ。私が出歩いたせいで、こんなことに……」

ソフィアが素直に部屋にいれば、こんなことにはならなかっただろう。アニカがドラヴに指示を受けていたことを知っていたのだから、アニカが怪我《けが》をした責任の一端はきっとソフィアにある。

アニカがくしゃりと顔を歪める。ルビーのように赤い瞳から、大粒の涙が溢《あふ》れて落ちていった。

「ち、違い……ます。聖女さまは、悪くありません……っ」

うわあん、と子供らしく泣き出したアニカを、ソフィアはそっと抱き締めた。

今日まであまり気にしないようにしていた、子供なのにソフィアの世話係兼見張りを任されている少女。ここで働いている誰かの子供かと思っていたが、先程のドラヴの話からして、違うらしい。

ソフィアが連れてこられる前の、次の聖女候補。それがどこかから連れてこられたアニカだとしたら、その立場を奪ったのもまたソフィアだ。

「――……っ」

ソフィアは何も言えなかった。

望んでここに来たわけでもなく、無理矢理聖女にされようとしている、逃げ出す方法を模索しているソフィアには、アニカにかける言葉はない。

抱き締められたまま泣き続けたアニカは、やがて気を失うように眠ってしまった。ソフィアはアニカをどうにか抱き上げて、部屋の窓際にある大きなソファに寝かせた。無理に持ち上げたためどうしても不安定になり、アニカの服が乱れてしまう。

このままにしてはおけず、ソフィアは自分の寝台から毛布を持ってくることにした。

ふわりと広げて掛けようとしたそのとき、露《あら》わになっていたアニカの足が見えた。

「これって――」

　そこにあったのは、いくつもの痣《あざ》だった。転んだときについたであろう膝や、蹴られたようにも見える脛《すね》。アニカが自分で全ての怪我を負ったというには、あまりにも多い。

「……アニカは、『聖女のなりそこない』ですからね。ここでは居場所がないんですよ」

　アニカと二人きりだと思っていた部屋に、突然涼やかな声がした。はっと入口に目を向けると、サンティが扉を開けて立っている。

「ど……うしてここに」

「ドラヴが不機嫌にしていたから、何かあったのかと思いまして。僕の部屋の本もなくなっていましたし……聖女様の身に何かあったら大変ですから」

　サンティはソフィアが廊下に隠しておいた本を両手に持っていた。目尻を下げ、その本を近くのテーブルの上に置く。

　サンティは静かに近付いてきて、ソフィアの手から取り上げた毛布を広げてそっとアニカに掛けた。アニカの乱れたままの白い髪を梳《す》くように撫《な》で、そっと瞼《まぶた》を手で覆う。

　その子供を慈しむかのような手つきに、ソフィアは混乱した。

「あの、サンティ様は――」

「聞きたいことがたくさんあるでしょう。ここではアニカが眠っていますから……僕の部屋で話しませんか？」

　サンティに言われ、ソフィアは不安げに頷《うなず》いた。

先程忍び込んだサンティの部屋で、ソフィアは窓際に置かれた長いソファに案内された。おずおずと腰掛けると、サンティがサイドテーブルを持ってきて二人分の茶を淹《い》れる。サイドテーブルを挟んで隣に座ったサンティから、ソフィアが使わされている石鹸の香りがする。

「――あの、本当に聞いてもいいんですか？」

確認するソフィアに、サンティは仕方がないと苦笑する。

「知らないままじっとしていろとは言えないですから。大丈夫です、僕はドラヴには叱られません」

サンティは教皇だから、大司教であるドラヴに叱られることはない。

優しげな笑みを浮かべるサンティに、ソフィアは忘れてしまいそうな警戒心をかき集める。どんなに良い人のように見えても、ソフィアをラクーシャ国に無理矢理連れてきたドラヴの仲間には違いないのだ。

しかしこれまで何も分からなかったソフィアにとって、これは絶好の機会であることも事実だ。できるだけ多くのことを聞き出そうと、ソフィアはスカートの裾をぎゅっと握る。

「では……どうして私がここに連れてこられたのですか？」

「おや、それすら聞かされていなかったのですか？」

サンティが意外そうな顔をする。

ソフィアが素直に頷くと、サンティは呆《あき》れたように首を振る。

「ドラヴは何をしていたのか……貴女《あなた》はこの国の特別な聖女としての特性を持っていて、それが分かったからと無理にここに連れてこられたのです」

「『純白の聖女』ですか？」

ソフィアはドラヴがアニカに言っていた言葉を口にする。

サンティが驚いたように目を見張った。

「ご存じだったのですね。……僕も、実在するとは思っておりませんでした」

「でも、アニカは聖女になるために……！」

「あの子は、可哀想《かわいそう》な子です。十年から二十年ごとに聖女の交代があるのですが、それが今年だからと選定されてしまいました。……一度この大聖堂の内側に入った人間は、一部を除き二度と外には出られません。ですので、聖女でなくともここにいてもらわなければならないのです」

「そんな……！」

ソフィアがここに連れてこられなければ、アニカは望んで聖女となり、その名誉を受けていたのだ。

アニカからその立場を奪ったのが自分だと突きつけられた気がして、ソフィアは唇を噛《か》む。

「――……聖女の仕事って、何をするのですか」

「山の中にある神殿に篭《こも》り、生涯祈りを捧《ささ》げていただいています」

ソフィアは息を呑んだ。

「それを、選ばれた聖女達は知っているのですか？」

「大聖堂で時期を見て司教達から教わります。ですが、選ばれるのは名誉なことです。それに、役目を拒んでも、この大聖堂に居場所はありませんから」

サンティが悲しげに目を伏せる。

「どうしてそんなことを？」

「それが、この国の維持には必要だからです」

「維持に、必要……」

ソフィアは言葉を繰り返した。

宗教として行われているのならば、神である山に聖女を与えているのだから人身御供だろうか。ならば聖女の交代というのは、つまり、山に捧げられた聖女がいなくなるということだ。いなくなるということは、命を落とすということ。

ソフィアは震えてしまいそうな手を両手を重ねて握ることで誤魔化した。

「他に聞きたいことはありますか？」

サンティの声は、全てを受け入れているかのように穏やかだ。

ソフィアは取り繕えなくなった表情を隠すように俯《うつむ》いた。握り締めた両手が痛む。

「私は……何故《なぜ》選ばれたのですか。私も、時期が来たら山に祈りを」

純白の聖女と言われても、ソフィアには何のことだか分からない。それなのに見知らぬ国の聖堂に死ぬまで監禁されるなど、とても受け入れられなかった。

サンティの手が、ソフィアの手に触れた。びくりと震えたソフィアを咎《とが》めるように、握り締めすぎて赤くなった両手を解かれる。

それ以上、サンティはソフィアに触れなかった。まるで傷付かないように気遣われたようで、居た堪《たま》れない。

「聖女の務めは嫌ですか」

「え？」

ソフィアははっと顔を上げた。

「でしたら、やはり僕と結婚してください」

サンティが真面目な表情でソフィアに言う。

ソフィアは真意が分からなくて、その二つの透明なペリドットの瞳を探ることしかできない。

「純白の聖女様が僕と結婚してくだされば、アニカは今代の聖女になることができます。あの子にとっては、それが幸せでしょう」

ソフィアがいるから、アニカは居場所のない役立たずにされてしまった。ならばソフィアが本来の聖女の役割をこなさなければ。

「……私がサンティ様と結婚することは、聖女として祈りを捧げることよりも大事なのですか？」

「それはそうでしょう。純白の聖女様など、聖書でしか読んだことがありません。その血を残すことは何より優先されますから」

ソフィアはサンティの言葉を反芻《はんすう》して口を噤《つぐ》んだ。

これまで分からなかったことが、随分分かってきたような気がする。

聖女の役割は、その身を人身御供として捧げること。しかし聖女となるには選ばれる基準がある。

今年選ばれ大聖堂に来たのはアニカだったが、とても珍しい『純白の聖女』であるソフィアが見つかったため、急遽《きゅうきょ》ソフィアが連れてこられ、大聖堂の内部に入った者は外に出られないという規律により、アニカは役割も家も失ってしまった。

だがソフィアは聖女であっても特殊な存在らしい。そのため、教皇であるサンティと結婚して子孫を残すのならば、聖堂に行かなくても良いのだという。

しかしそうすると、アニカがソフィアの代わりに聖堂で生涯監禁されることになってしまう。聖女の祭祀《さいし》は十年から二十年に一度。何らかの理由により、通常より早く命を落とすのだろう。

「――少し、考えさせてください」

ソフィアはそう言って、立ち上がりサンティに背を向けた。

部屋から出ても、サンティは呼び止めたりはしなかった。


ソフィアが与えられた部屋に戻ると、アニカがソファに座ったまま上半身を起こしていた。ぼうっとしているところを見ると、まだ起きたばかりなのだろう。

「アニカ、起きたの？」

ソフィアが声をかけると、アニカがはっとこちらを向く。

「――あの、聖女さま」

「何かしら？」

「聖女さまは……どうして、教皇さまの求婚を受けないんですか？」

その質問に、ソフィアは目を見張った。アニカはずっと不思議に思っていたのだ。

アニカにとっては、サンティは良い人なのかもしてない。ソフィアがサンティと結婚すれば、アニカは聖女に戻ることができる。たとえ聖堂に監禁されるとしても、アニカには名誉なことなのだ。

ソフィアは僅かに目を伏せて、震える声を吐き出した。

「私には……夫がいるのよ。結婚してるの」

予想外の答えだったのか、アニカがぱちりと瞬《まばた》きをする。

「それなのに、どうしてここに来たのですか？」

問いかけてくる赤い瞳は純粋で、ソフィアはアニカに嘘《うそ》を吐く気がなくなってしまった。きっと本当にアニカを思うのなら、教えない方が良いに決まっているのに。

「……そうね。無理やり連れてこられてしまったから、仕方がないわ」

ソフィアが言うと、アニカは息を呑んだ。

ソフィアはアニカの顔が見られなかった。

やはりアニカはソフィアが攫《さら》われてやってきたことすら聞かされていなかったのだ。予想していたのに、こんな子供に弱音を吐いてしまうほど心が疲れてしまっていたようだ。

「……ごめんなさい。忘れてね」

大丈夫だと微笑んだつもりだったが、弱々しくなってしまったソフィアの表情に、アニカの瞳から大粒の涙がぽろぽろと零《こぼ》れてくる。

慰めようと手を伸ばしかけた瞬間、アニカの口から言葉が溢れた。

「──ごめんなさい。ごめんなさい……ソフィアさま……！」

ソフィアの心に、ほわりと小さな明かりが灯《とも》る。

アニカはソフィアの名前を知っていたのだ。きっと大人達から呼ぶことを止められていたのだろう。名前と持ち物の全てを奪うことで、『ソフィア』を奪おうとしていたのかもしれない。恐ろしい思考を振り払うように、ソフィアはアニカに駆け寄って、中途半端に掛かったままの毛布ごと抱き締めた。

アニカが声を上げて泣き出した。壊れてしまいそうなほどぐちゃぐちゃに泣くその姿に、ソフィアの胸が締め付けられる。

落ち着かせようと、背中を優しくぽんぽんと軽く叩いた。

「大丈夫。……大丈夫よ」

何が大丈夫なのか、ソフィアには分からなかった。

ソフィアに何もできない今は変わらない。

それでも、目の前で泣くこの少女を放っておきたくなかった。

『――この役立たずが！』

ソフィアの脳内に響いた声はドラヴのものだったか。

それともいつかの叔父のものだったか。

虐《しいた》げられるのは自分が劣っているからだと、殴られるのは悪いことをしたからだと、そう思い込んでいた。思い込むことで、だから仕方がないと、諦めていた。

優しさを期待するよりも、最初から望まない方がずっと傷付かなくて楽だったから。

そうした自分のせいで、様々なものを奪われ、捨てられ――それでも最後に残ったのは、幼い頃に優しくしてくれた両親への想《おも》いだった。

凍える森の中で、生きたいと、死にたくないと、強く願った。

そのとき偶然にも差し伸べられた手は大きくて不器用で、冷たく怖いのかと思えば誰より優しかった。その手を頼りに立ち上がったソフィアは、もう一度諦めないと決めて前を向くことができた。

今のソフィアには、なくしたくないものが両手で抱えきれないくらいたくさんある。

アニカの泣き声を聞きながら、ソフィアはもう何も諦めたくないと、強く思った。

◇　◇　◇

コンラートはネーヴェの案内で街と教会を見学していた。

　セグレ教に興味があると言えばネーヴェは嫌な顔をせず、国民に話しかけないことを条件に、ギルバートとコンラートはネーヴェが管理する教会を調べる機会を得た。

「これがセグレ教の教会ですか……美しいですね」

「ありがとうございます。この規模のものは一地域に一つずつしかありません。何かあったときの避難場所としても機能しています」

「そうなのですね。素晴らしいと思います」

　熱心なネーヴェの説明にコンラートが頷く。

　ギルバートはそれを横目に、教会内部を慎重に観察していた。

　外観は白っぽく丸い屋根がついたシンプルな作りだが、中は壁面のステンドグラスを通した日の光が照らしており幻想的だ。

　入口から入ると中には水が張られた人工的な泉があり、橋を渡って奥へと進むと左右に長椅子が並んでいる。今はコンラートの見学のために人を入れていないようだが、普段はきっと賑《にぎ》わっているのだろう。

　一番奥にはモザイクタイルで描かれたラクーシャ国の山を中心とした風景があり、その前に金の装飾がされた祭壇がある。風景の中に青い大きな鳥を見つけて、コンラートが口を開く。

「あの青い鳥は何ですか？　随分大きく描かれていますね」

「あれはデオドゥートといって、セグレ教の重要な鳥です。運が良ければ滞在中に見ることができると思いますよ」

「実在するのですか？」

コンラートが驚いたように言うと、ネーヴェは嬉しげに頷いた。

「ええ。デオドゥートは教皇様のお側にいらっしゃいます」

神獣のようなものだろうか。正体は分からないが、ソフィアを攫った鳥と見て間違いないだろう。賢い生物ならば、エラトスに忍び込むことも、ソフィアを連れ去ることも可能かもしれない。

祭壇横には大きな二本の柱があり、その柱にはどちらもヴェールを被《かぶ》った年若い女性の彫刻がされていた。

「普段からこの建物で祈りを捧げていれば、国民の信仰心も維持されそうですね。困ったときに頼りになる場所というのは、国にとっても民にとっても貴重ですから。ああ、そういえば聖女の選定も、普段はここでするのですか？」

コンラートが教会とラクーシャ国を褒めながら、さりげなく知りたいことを聞き出していく。

「ご存じの通り、この国は長年鎖国により平和を維持しております。ですので、心の支えとなる場を重視しているのです。聖女選定の儀も国民皆喜んで参加されます」

「そうなのですね。でも、どうやって選ぶのですか？」

「聖女を選ぶのはこの教会です。聖女が聖女を選ぶのですよ」

「聖女が……」

コンラートがちらりとギルバートに視線を送る。ギルバートは頷いて、そっと気配を消しコンラートとネーヴェから距離を取った。

コンラートが笑顔でネーヴェに言う。

「ああ、それより。先程ここに入る前に、庭園が気になったのです。温室などもありましたし、見せていただけますか？」

「勿論《もちろん》です。温室では薬草も育てているのですよ」

「取り組みが丁寧で素晴らしいですね」

ネーヴェがコンラートを教会の外へと連れて行く。

外の国と触れ合わせないようにと、普段教会で働く信徒達も今日は中に入れていないらしく、ギルバートは教会の中に一人きりになった。

コンラートがネーヴェを引きつけてくれているうちだ。

ギルバートは早速教会の礼拝室を調査し始めた。

真っ先に調べたのは祭壇だ。しかし金の装飾が印象的な重厚な祭壇だが、魔法で調べてもそれ以外に特に気になるところはなかった。

次に壁面のモザイク画。こちらも丁寧に描かれている以外の収穫は無い。

「待て、考え方を変えれば」

この礼拝室にも、ぱっと見たところ魔道具は無い。照明はオイル式のランプと蝋燭《ろうそく》、そして差し込む日の光だけだ。外の暑さに比べて涼しいのは、泉の水に触れた風が窓を通過して礼拝室内を循環しているからだ。

しかしアンティーク調度では、聖女選定などできるはずがない。

ギルバートは魔法でここに魔道具が無いか確認することにした。魔力を丁寧に隙間無く教会中に巡らせていく。そしてギルバートは、想像よりもずっと近くから強い魔力反応があったことに驚いた。

強い反応があったのは、ヴェールを被った女性の彫刻がされた柱だ。魔道具による反応ではあり得ない強さだった。

「そういうことか」

ギルバートは早速その柱に歩み寄り、細部を確認する。

一変するとただの芸術的な柱だが、軽く叩いていくと途中で音が変わる。どうやら女性の彫刻の部分に空洞があるようだ。隙間もあるので、おそらく後から蓋をするようにして作ったのだろう。

魔法で背面側の接着面を外し、蓋をずらす。

そこにあったものを見て、ギルバートは目を見張った。

「これは……古代魔法具か？」

刻まれているものはアイオリアやエラトスの魔道具に使われている魔法回路ではない。今の時代の魔法式は古代のものよりも扱いやすく変化したものだ。これはもっと複雑だった。

魔石そのものも普段扱っているものとは違う。水のように透き通った魔石は、一点の曇りもない水晶のように見えた。

「この魔石が魔力を供給している……ということは、この古代魔法具の回路を解読すればきっと聖女をどのようにして選んでいるのか分かるだろう」

ギルバートは懐からペンと紙を取り出して、さらさらと繊細な紋様のように見える回路を書き写していく。僅かな足音すらも聞き逃さないように神経を尖《とが》らせながら、書き慣れない紋様を必死で追いかけた。

どうにか書き上げたところで、遠くで扉が開く音がする。

ギルバートは急いで背面の蓋を閉め、魔法で接着面を元に戻した。長椅子の陰に身を潜めて、コンラートと共に入ってきたネーヴェに気付かれないよう息を殺す。

「――案内していただきありがとうございます。ドラヴ様とお話しする前にネーヴェ様と勉強できて良かったです」

「いえ。こちらこそ、楽しんでいただけて嬉しく思います」

どうやらギルバートの不在には気付かないまま案内が終わったようだ。ギルバートはコンラートの能力に感心しつつ、教会の出口で待っていたかのように当然の顔で途中から護衛に戻った。


食事を終え、寝支度まで済ませたギルバートとコンラートは、ランプの明かり一つを残して部屋の明かりを落とした。

「ジル、話を聞こう」

「こちらです」

明日はドラヴ達との会談が行われるため、少しでも疑われることは避けなければならない。

ギルバートはランプのすぐ下に古代の魔法回路を書き写した紙を置いた。

「柱の女性像……おそらく聖女像の背面が開くようになっており、中に古代魔法具らしきものがありました。曇りの無い透明の大きな魔石が使われています」

「その魔石が、ラクーシャ国の特産だよ。ギルバートは初めて見ただろうね。……さて、この古代魔法具を解読できれば、聖女選定の秘密が分かる、と」

「陛下は読めますか」

「少しね。ジルは？」

「完全にではありませんが、簡単なものでしたら」

幼いギルバートが引き篭っていた頃、父親から貰《もら》った魔法の歴史書に出てきた。興味を持っていくつか解読したことがある。フォルスター侯爵邸の書庫に埃《ほこり》を被った分厚い事典があり、使ったことを覚えている。

「そうか。私も王族としての教育で軽くなぞった程度だが、構造自体は現代の魔道具の回路と同じはずだ。今夜はこれの解読といこうか」

「ありがとうございます」

ギルバートは早速荷物から大量の紙束を取り出し、テーブルの上に置く。コンラートがランプを移動させ、テーブルの中心に置いた。

ギルバートがペンを持つと、コンラートも鞄《かばん》からペンを取り出してくる。

「これでいいね。……回路自体は短いけど、正確に解読がしたいから……それぞれ解読して、二人分を突き合わせて確認とすり合わせをしよう」

「そうですね。——始めましょう」

ギルバートは古代の魔法回路を一行書き写し、重なっている文字を分解していく。今使われている魔道具の回路と比べると一つ一つが複雑で、難解に絡まっている。

単純化し誰でも使いやすく量産しやすくした現代のものと違い、かつては個人の能力の一つとして扱われていた古代魔法具だ。その能力も大きなものが多いため、複製利用されないようになっていたのだろう。

更に辞書にも書かれていないどうやっても解読ができない紋様が挟まれており、現代で同じ原理で再現することは不可能だと言われている。

魔道具の魔法回路をどれだけ複雑にしたら、古代魔法具と同等のものを作れるだろう。考えかけて、今はそれどころではないとギルバートは意識を引き戻した。

難しくとも、ここにソフィアが攫われた秘密があるのなら、何が何でも解かなければならない。

ギルバートとコンラートは、テーブルの上のランプだけを頼りにひたすら頭と手を動かした。最後まで解読ができたのは、空が白む頃だ。

「ジル。こっちは終わりそうだ」

「私の方も間もなくです。ですがこれは……」

「ああ。ジル、聞きにくいのだが……夫人はもしかして」

完全に解読ができたわけではなくとも、大体の内容が分かる程度には解読ができていた、ギルバートがそうなのだから、コンラートもそうだろう。

正確なところは並べてみなければ分からないが、それでも、コンラートがこう言っているということは間違いない。

つまり『純白の聖女』というのは。

「はい。ソフィアには、魔力がありません」

「――……っ！」

起動しているとき、聖女の柱に触れた人間との魔力が少なければ少ないほど、女神像が強く光る。

教会の柱の女神像で隠された古代魔法具は、あの大きく透明な魔石を核とし、触れた人間の身体を回路として魔力を通す仕組みになっていたのだ。

そのため、触れる人間がいないときには回路が完成しておらず何の反応も無い。人間が持つ魔力が少ないほど、干渉する魔力が少なく、魔石の魔力が女神像に循環し、眩《まばゆ》く光る。

この仕組みを使えば、魔力が少ない人間を神聖な雰囲気の中で選ぶことができるだろう。

ラクーシャ国は十六等分された地域が十六人の司祭によって管理されている。宗教が人々の生活に根付いているのならば、選ばれた娘も家族も大喜びで、聖女は大聖堂に行くことになるに違いない。

「黙っていて、申し訳ございません」

ギルバートはネーヴェの邸《やしき》に魔道具が無かったときから、ソフィアが選ばれた理由が魔力が無いからなのかもしれないと、心のどこかで思っていた。ただ、確証が無かった。

それにラクーシャ国がソフィアに魔力が無いことをどこで知ったのかも、また何故それほどソフィアに拘《こだわ》るのかも分からなかった。

だが、この古代魔法具を解読して、気付いたことがある。

「古代魔法具の媒介は、魔力が少ないほど効果が最大になるんだね……」

古代魔法具は現代の魔道具よりも大きな力を扱うことができる。

しかしその分魔石の消耗が激しく、劣化も早い。それを解消するために、大規模なものには人間を回路や媒介として組み込んだと聞いたことがある。大昔の遺跡からそういった痕跡が見つかったという話もあるが、とっくに失われた技術だと思っていた。

アイオリア王国では完全な状態で残っている古代魔法具自体がないため、実験や検証も身近ではない。

つまり、このラクーシャ国における『聖女』とは。

ギルバートは嫌な予感がした。

「陛下。明日のドラヴ達との会談、私も同席いたします」

「そうしてくれ」

「はい」

ギルバートは頷いて、コンラートが解読した紙と自分のものを突き合わせる。作業を止めるつもりはなかった。

「……まだ時間がありますから、陛下は少し休んでください」

「甘えるよ。ジルも、無理はしないように」

コンラートが寝台で横になる。

ギルバートは新しい紙に二人分の解読結果を組み合わせて書き記しながら、今も大聖堂に閉じ込められているであろうソフィアを想った。


約束の時間は昼前だった。

ラクーシャ国の代表としてやってきたのはドラヴと、同じ服装をしたもっと細身の男性の二人だ。

「コンラート陛下、わざわざお越しいただきまして恐悦至極に存じます。これは私の息子のシャウです。大司教で、主に財政を担当しています」

ドラヴとシャウが頭を下げる。

コンラートは含みのある微笑みを浮かべてシャウに手を差し出した。

「シャウ殿、よろしく頼みます。私としては、自国で話し合いができれば良かったのですけれど。突然帰ってしまうのですから」

「それにつきましてはこちらの宗教上の問題でして。申し訳ございません」

ちらり、とドラヴが視線だけでコンラートを見る。コンラートはわざと重苦しい溜息を吐いた。

「聖女の祭祀があると聞きました。なんでも『純白の聖女』が見つかったとか」

「ええ、そうです。我が国にとっては大変重要な祭祀でして」

「それは、おめでとうございます。すごいですね。ああ、せっかくですし、私共がご挨拶することはできませんか？」

コンラートが何も気付いていないふりをして言う。エラトスからはるばるやってきたのだから、それくらいさせてくれて当然という態度だ。

「それは難しいですね。……既に清めの儀式に入っておりますので、ご容赦ください」

「そうですか。ここまで足を運んだのですから、何かしらの結果をいただけると思っていたのですが……残念です」

ギルバートは内心の怒りを押し殺し、部屋の端に控えるように立っている。

コンラートは大聖堂に行く手段を探っていた。どうにかしてドラヴに、大聖堂への立ち入り許可を得ようとしているのだ。できれば聖女と言われているのがソフィアかどうか、その無事も確認したい。

しかしドラヴは、コンラートに全く違う餌を与えようとしてきた。

「ああ、それでしたら大丈夫です。これからはより良質な魔石をご用意できると思いますから、きっとご満足いただけるかと」

「より良質なものですか？　でも、現時点でもう充分素晴らしいと……」

「いえ、将来的には一点の曇りも無い魔石をお渡しできるはずです」

「それは素晴らしいですね」

ギルバートは細かな変化すら見逃さないというように、三人の会話を聞いていた。

ラクーシャ国の特産品である魔石は、ギルバートが教会で見たあの魔石だろう。膨大な魔力が込められているもので、あれほど純粋な魔石はとても珍しかった。大抵の魔石には自然の中で何らかの影響を受けて色が付くのに、無色透明なのだから。

結界が無ければ、魔石を狙ったどこかの国に攻め込まれてラクーシャ国などとっくに滅んでいたに違いない。

コンラートはシャウと主に会話をしながら、関税率と取引量、金額等を決めていった。

その間ドラヴは自分の息子だというシャウの働きぶりを観察し、たまに頷いている。ギルバートはドラヴと一度面識があったため少し心配していたが、髪色を変えエラトスの騎士服を着て気配を消しているためか、全く意識されていないようだ。

話し合いが一段落したところで、コンラートが話題をまた聖女に戻す。

「――ところで、聖女の祭祀はいつなのですか？」

「陛下には関係ないと思いますが」

その質問に答えたのは、それまで黙っていたドラヴだった。

コンラートは柔和な笑みを崩さないまま話を続ける。

「いえ、興味がありまして。見学はできませんか？」

「……重大機密ですので、ご容赦ください」

ドラヴがこれ以上話すことはないという態度で立ち上がり、部屋を出て行った。シャウはドラヴが書いたままテーブルに置きっぱなしにしていた書類を、慌ててまとめ始める。

コンラートがドラヴを追いかけた。

ギルバートはコンラートとドラヴが引いたままにしていた椅子を戻しながら、シャウがまとめていた書類にそっと魔法を使う。室内にも拘《かかわ》らず僅かに発生した風がシャウの手を滑らせ、何枚もの書類が床の絨毯の上に散らばった。

廊下からコンラートとドラヴの話し声が聞こえてくる。どうやらコンラートが時間を稼いでくれているようだ。

ギルバートは慌てるシャウに、心配している表情を作って声をかけた。

「大丈夫ですか？」

シャウがギルバートにちらりと視線を向けて、情けないというように眉を下げる。

「申し訳ございません」

「いえ、お手伝いいたします」

ギルバートは親切な人間のふりをして、床の書類を一枚ずつ拾っていく。シャウもドラヴを待たせたくないのか、次々と書類を集めていった。

最後の一枚になったところで、ギルバートはシャウと同時に手を伸ばす。

偶然を装って、手に触れた。

シャウはまるで王城のようにきらびやかな部屋にいた。書類の束を前にペンを走らせているのを見るに、どうやらこれは大聖堂の中の仕事部屋のようだ。だが装飾から、おそらくは特権階級の人間のための部屋だと分かる。

横にはドラヴがいて、部屋の壁にはどこかの森が映り込んでいる。

「――父上はその映像がそれほど気になるのですか」

「ああ、気になるとも。ここには確実に、『映っていない人間』がいる」

ギルバートはその光景に見覚えがあった。

暗い夜の森に積もった雪。風魔狼《ふうまろう》と、助けに駆けつけたギルバート。

それは冬に訪れたアーベライン辺境伯領での出来事だ。

王太子妃エミーリアを取り巻く陰謀に巻き込まれたソフィアとギルバートは、違法な魔獣研究所を摘発し、陰謀の黒幕であった公爵を捕らえることができた。

あのときの場面の映像を、何故かドラヴとシャウが見ている。

「映っていない人間ですか？」

「ああ。この風魔狼が唸《うな》り声を向けている場所だ」

「誰もいませんけれど……」

「いや、シャウ。ここには『いる』はずだ。この御神木の魔法具に映らない者が」

「そんなことが」

「ある。現に、ここでこの男が話しかけているではないか」

映像は、ギルバートがソフィアを抱えて話しかけているところだった。しかし映像の中にソフィアはいない。魔道具は魔力に反応して記録するものであったため、魔力が無いソフィアは映らなかったのだろう。

「父上……つまりこれは」

「これが女性なら『純白の聖女』の可能性が高いということだ」

ドラヴの声が小さくなる。囁《ささや》くような声はまさに秘密の会話という雰囲気だ。

シャウは、確かな高揚感を抱いていた。純白の聖女は聖書に書かれた伝説の存在だ。もしここに迎え入れることができれば、どれだけ金になるだろう。

頭の中で算盤《そろばん》を弾《はじ》き始めたシャウに、ドラヴが言う。

「……早く、あの一族に連絡を。森に入った者達の正体を突き止めるのだ」

「はい、すぐに」

シャウはそれから急いでアーベライン辺境伯領に住む一人の青年に魔道具で連絡を取った。

青年はかつて辺境にいた民族の長《おさ》の子孫だ。民族の信仰していた宗教の御神木がある森は現在も禁足地となっており、辺境伯であっても管理する民族に許可を得ることになっている。

そのため青年は、森に入ったのはアイオリア王国の騎士達であると伝え、辺境伯が調査の許可を得るためにと渡していたリストをそのままシャウに流した。

そして、一人の女性に辿《たど》り着く。

「ソフィア・フォルスター……黒騎士ギルバート・フォルスター侯爵の妻ですか」

シャウがドラヴにそれを伝えると、ドラヴは早速ソフィアと接触するために積極的に調査を始めた。

そして見つけた絶好の機会が、エラトスで行われる式典。運良くコンラートとソフィアには繋がりがあり、招待されていることを知ったドラヴはすぐに計画を練った。

計画通り混乱の中ソフィアに接触し攫うことに成功したドラヴは、シャウと共に起動させた大聖堂の女神像に意識を失ったソフィアの手を触れさせる。

見たこともないほど眩《まぶ》しく輝くその像に、シャウは瞼を閉じてソフィアの手を引き剥がした。

「ふ……ははは。これで、これで我が国はより多くの富を得ることができる！　シャウ、魔石の単価を考えておけ」

「分かりました。『純白の聖女』の魔石は、一体どれほどのものになるか……！」

喜びを隠しきれない二人の側に、一人の男性が歩み寄ってくる。

シャウが男に抱いている感情は畏怖だった。

整った見た目の透き通るように繊細な雰囲気を持つその男性は、二人を前にして感情の分からない慈愛に満ちた穏やかな微笑みを浮かべた。

「――……『純白の聖女』を今代の聖女にするより、僕と結婚して子を成した方が良いと思うな」

シャウとドラヴが同時に息を呑む。

男性は底の知れない笑みを浮かべたまま、伏し目がちにその場に立っていた。

6章　黒騎士様は振り返る

ソフィアの部屋にやってきたのは今日もサンティだった。

毎日朝と夕方の二回、部屋にやってきては、花をプレゼントしてきたり、結婚するよう口説いてきたりする。外で咲いている花を貰《もら》うくらいならば、外へ出たいというのに。

今日もサンティはソフィアが紅茶を飲んでいるところに現れて、許可も取らずにソフィアの隣に腰掛けている。

「聖女様、僕と結婚する覚悟はできましたか？」

質問はいつも同じだ。

ソフィアももう何度目かの同じ回答をする。

「私はサンティ様の求婚に頷《うなず》くことはできません」

「そんなことを言われたら傷付きますよ。本気だというのに」

サンティが微笑《ほほえ》みの表情のままなおも言い募る。

ソフィアは右手を握られて、どうしようもなく俯《うつむ》いた。

ここでサンティの手を取ったら、ソフィアは監禁されることはないのだろうか。代わりにアニカが連れて行かれ、ソフィアはサンティの伴侶として、『純白の聖女』として、子供を作ることになるのだろう。

アニカを身代わりにすることも、ギルバート以外の男性と結婚することも、ソフィアに受け入れられるはずがない。

ソフィアは顔を上げて、サンティに訴えるような目を向けた。

「私は何度言われても、貴方《あなた》と結婚することはありません」

ソフィアが聖女としての務めを果たしている間は、アニカは無事でいられる。ギルバートならば、ソフィアが山の聖堂に閉じ込められたとしても、閉じ込められたとしても、きっと助けに来てくれるだろう。

助けに来てくれなかったとしても、ギルバートが元気に生きてくれていれば、それでいい。ギルバート以外の男性に身体《からだ》を許すくらいなら、その方がずっと良かった。

それくらい、ソフィアはもう覚悟を決めていた。

「私の夫はギルバート様ただ一人です。他の誰とも夫婦にはなれません……っ」

サンティがソフィアの右手を握る力を強くする。痛みを感じるほどの強さに、ソフィアは僅かに顔を歪《ゆが》めた。

振り払おうとしても、力が強くて振り払えない。

「もう時間が無いのです！　僕の求婚に頷かなければ貴女《あなた》は――」

「構いませんっ！」

ソフィアは両目を瞑《つぶ》って俯いた。

サンティが前のめりに詰め寄るが、ソフィアにはもう他にできることが無い。

「私は私に与えられた役目を、全うさせていただきます。それが、ここに私を攫《さら》ってきた方々の……願いなのでしょう」

絞り出した言葉は僅かに震えていた。

強がりだということはソフィアも分かっている。それでも、たとえ聖堂がどれだけ人里離れた山奥にあったとしても、ギルバートならばいつか、きっと見つけてくれると信じられる。

ソフィアはただ、それまで何が何でも生き残るのだ。

サンティの手から力が抜ける。ソフィアはその手に左手を添えて、そっと右手から引き離した。

「ですのでどうか。サンティ様に人の心がおありでしたら……アニカを、ここから出してやってください」

俯きかけたサンティが、はっと顔を上げる。

「本心ですか？」

そのペリドットの瞳をまっすぐに見て、ソフィアは微笑みを作って頷いた。

「勿論《もちろん》です。私が聖女の役目を果たせば、あの子にはもうここにいる意味が無いはずです。でしたら、自由にしてあげてください。教皇様ならできますよね？」

「できます、が……」

ドラヴはアニカを虐《しいた》げていたが、サンティは誰にでも等しく優しかったように思う。ソフィアにも求婚をしてくることはあったが、無理強いすることはなかった。

サンティの要求を叶《かな》えようとするならば、攫われてきた非力なソフィアなど、無理やりにでもどうとでもできたというのに。

悪い人ではないのかもしれない。

「お願いいたします。私は、あの子には幸せになってほしいのです」

「――……っ」

サンティが傷付いたような顔をする。

それは、ソフィアが自分を捨てたかのように言ったからだろうか。こんなところにいるのに、やはり妙に純粋な人だ。

ソフィアは視線を落とし、テーブルの上に置かれた小さな砂糖菓子を見つめた。

「サンティ様、聖女交代の祭祀《さいし》はいつですか？」

「……明日の午前です」

ソフィアの静かな声に、サンティの声が揺れる。

窓から差し込む夕日で、室内が朱に染まった。

ソフィアは残り僅かな時間を覚悟して、視線を窓に向けた。ここから見える景色はいつも変わりなかった。それでも、廊下の窓からこのラクーシャ国の景色を何度も見た。

祈りに訪れる国民。街道に並ぶ露天商。大聖堂前の広場で遊ぶ子供達。

「この国を維持するのには、聖女が必要だとお聞きしました。それでしたら、仕方のないことなのでしょう。短い間でしたが……優しくしてくださって、ありがとうございました」

ソフィアは眉を下げて控えめに微笑んだ。

会話は、それで終わりだった。


日が暮れ、アニカの手伝いで入浴を終えたソフィアは、鏡の前で化粧水を塗られていた。

ソフィアがここに連れてこられてから今日までの間に、アニカの手際は随分と良くなった。

いつもソフィアを世話してくれていたカリーナや、養成学校を首席卒業したアメリーと比べるのではなく、純粋に十歳の少女として見て、一生懸命で丁寧だ。

きっと誰かの世話をするのはソフィアが初めてだったのだろうに、アニカなりに頑張ってくれたのだと分かる。

こんなところで、押しつぶされるようになりながら働いていていい子ではない。

「――ソフィアさま」

アニカに呼ばれて、ソフィアは鏡越しに表情を窺《うかが》う。

アニカは赤い瞳をいっぱいに開いて、ソフィアを見ていた。

誰もいないところでは、アニカはソフィアを名前で呼ぶようになった。

それがこの場所で全てを奪われていたソフィアにとってどれだけ心の支えになったか、きっとアニカは気付いていないだろう。

「どうしたの？」

「ソフィアさまの旦那《だんな》さまって……どんな方なのですか？」

アニカがどうしてそんな質問をするのか、ソフィアには分からなかった。

それでも、ギルバートの話をしても良いというのは嬉《うれ》しかった。もしかしたら明日監禁されてしまったら、誰にも話せなくなってしまうかもしれない。その前に、誰かに聞いてもらいたい。

ソフィアは口角を上げて、アニカにソファに腰掛けるよう勧めた。

少し距離を置いて並んで座って、まだ飲み慣れない不思議な味の茶を飲んだソフィアは、思い出すようにゆっくりと口を開いた。

「――私の夫は、アイオリア王国という国で近衛騎士をしているの」

「近衛騎士、ですか？」

「そう。国を守るお仕事よ。ここに連れてこられる前も、仕事で私と王太子殿下と一緒にエラトス……ええと、ラクーシャ国の隣国の式典に仕事で来ていたの。エラトスの国王陛下に招待されて」

ソフィアはそっと目を閉じる。

アニカは王族が次々出てくる話に驚きながらも、黙ってソフィアの話を聞いていた。

「見た目は怖くて、冷たそうなんだけど……とても温かくて、優しい人なのよ」

思い出すのは、銀色の髪と藍色の瞳。そして、ソフィアに触れる大きな手。低くよく響く声がソフィアを呼ぶときにはらむ甘さと、抱き締める腕の力強さ。

「私に向ける藍色の瞳が暖かくて、私のことをいつも守るって言ってくれて」

今ギルバートはどうしているのだろう。

ソフィアがラクーシャ国にいることには気付いているだろうか。それとも、全く行方が掴《つか》めないままなのか。明日ソフィアが聖女の祭祀で聖堂に閉じ込められてしまった後でも、ギルバートはソフィアを見つけてくれるだろうか。

きっとソフィアがいなくなって、心を痛めているのだろう。

すぐに無理をするのに、無理をしていることにすら気付かないような人だ。とても繊細なのに、心の傷を傷として数えないような人だ。

ソフィアのために苦しんでほしくない。

「ギルバート様が、ちゃんと眠れていたら良いのだけど」

祈らずにはいられなかった。

目を開けて、飲み慣れない黄色い茶に視線を落とす。水面にはソフィアの顔が揺れていて、泣いてなどいないはずなのに、瞳が滲《にじ》んで見えた。

「……ご、ごめんなさい。変なことを聞きました」

アニカが困惑した声を出す。

ソフィアはアニカの姿を見るために顔を上げることができない。

「良いの。話を聞いてくれて……ありがとう」

声が震える。

アニカがおろおろと立ち上がって何かを言いかけ、行き場の無い両手を下ろし、深々と頭を下げた。

「あの、その……おやすみなさいませっ」

アニカが慌てた様子で、逃げるように部屋を出て行く。

ソフィアはアニカの様子に驚いて、テーブルの上に残されたままのアニカのカップに目を向けた。

カップの輪郭が曖昧で、知らぬ間に泣いていたことに今更気付く。

「そっか。アニカは、私が泣いていたから……」

慌てて部屋を出て行って、一人にしてくれたのだろう。

ソフィアがソフィアでいられるのは、明日の朝までかもしれない。それが終われば、きっと名も無い『聖女』の一人なのだろう。

どうかサンティがソフィアの願いを叶えてくれるよう。

アニカが自由になれるよう。

アニカは一度は聖女に選ばれた子だ。もしギルバートがこれから先このラクーシャ国に来ることがあれば、それを手掛かりにソフィアを見つけてくれるかもしれない。

アニカがギルバートにとっての手掛かりにならなかったとしても、ソフィアの犠牲は見知らぬ国のためではない。

せめて、幼い自分とどこか似た小さな少女を救うためであってほしかった。

◇　◇　◇

朝日が昇り、いつもの時間にアニカはソフィアの部屋を訪ねた。

昨夜涙に滲んだ瞳を見てしまったせいでどんな顔でソフィアに会ったら良いのか分からなかったアニカだが、躊躇《ちゅうちょ》しながらも叩《たた》いた扉の向こうからは、普段通りのソフィアの声が返ってくる。

「おはようございます、ソフィアさま」

「おはようアニカ。今日もよろしくね」

ソフィアは控えめな微笑みを浮かべてアニカを迎えた。

アニカはいつも通りソフィアに顔を洗う湯を用意し、軽く化粧をしてから聖女の衣装に着替えさせていく。綺麗《きれい》な身体に白く神聖な布を重ね、美しいブローチと金の腰飾りを身につけさせると、まるで本当に聖書の中から抜け出てきた聖女のようだ。

アニカはソフィアに最後の飾りを付けて、一歩下がってソフィアを見上げた。

「お支度終わりました」

「ありがとう。……あのね、今日なんだけど」

「何でしょうか？」

ソフィアがアニカにこのように話しかけるのは珍しい。アニカは首を傾《かし》げて、ソフィアの次の言葉を待った。

「今日、私が部屋からいなくなったら、サンティ様のところに行って、指示に従いなさい」

こんなにはっきりと命令されることなど、これまでに一度も無かった。

アニカは動揺して、揺れる瞳でソフィアを見上げた。

「ソフィ……聖女、さま？」

しかし時間はもうなかった。

ソフィアの呼び名を途中で変えたのは、部屋の外から数人の足音が聞こえてきたからだ。ドラヴでもシャウでもないどこか乱暴な雰囲気のある音は、きっと司教達のものだろう。

アニカはその大柄な男性達を想像して、びくりと肩を揺らす。

ソフィアのたおやかな手が、アニカを励ますようにそっと背中に触れる。

「……大丈夫だから。ね？」

ソフィアが笑う。

それは昨夜の涙などアニカの見間違いだったと思ってしまうほどの、少しの曇りも無い、これまでに見たどの表情よりも美しい笑顔だった。

すぐに扉が乱暴に叩かれ、アニカが何かを言う前に外から扉が開けられる。

部屋に入ってきたのは、肉体労働向きのいかにもがたいの良い男性四人だった。アニカが聖女だと言われて大聖堂に連れてこられたときに、挨拶をさせられた覚えがある。

「聖女様、これから祭祀の準備がありますので、ご同行をお願いいたします」

アニカは突然の指示に驚きが隠せなかった。

それでも聖女に選ばれるのは名誉で素晴らしいことだと教え込まれ育ったアニカは、羨ましさを隠してソフィアに笑顔を向ける。

本当は自分が聖女として務めを果たしたかったけれど、ソフィアならば仕方がない。誰が見ても美しく清廉な聖女で、神に祈りを捧《ささ》げるに相応しい人間だ。

役立たずの、何もかも中途半端な何もできないアニカとは違って。

ソフィアは少しだけ口角を引き攣《つ》ったように震わせて、司教達に頷いた。

「っはい。……参ります」

アニカの頭に、ソフィアの手がぽんと乗る。くしゃくしゃと軽くかき混ぜるように撫《な》でられて、アニカの頬が僅かに熱を持った。

「いってらっしゃいませ」

アニカはこの大聖堂に来てから覚えた方法で頭を下げる。少しませた仕草に、ソフィアの硬くなっていた表情が少し和らいだ。

「アニカ、……元気で」

ソフィアの挨拶に違和感を覚えてアニカが顔を上げたときには、もうソフィアは背を向けていた。

部屋に残されたアニカはしばらくソフィアが出て行った扉を見つめていたが、やがてソフィアに言われたことを思い出す。

「あ、そうだ。……教皇さまのところに行かなきゃ」

ソフィアが部屋からいなくなったら、サンティのところへ行くように。

大聖堂では、アニカは命令にはまず従うようにと教えられてきた。余計なことを考えるなと言われ、従わなければ必ず良くないことがあった。

アニカには家族がいない。両親の顔も知らない。

羊飼いを生業《なりわい》としている一族に預けられて下働きをしながら暮らしてきたが、皆アニカのことなど目に留めず、アニカの話し相手はいつも羊達だった。

羊達は可愛《かわい》かったが、見知らぬ家族や仲間同士が仲良くしている姿を目にすると、どうしても人との繋《つな》がりを、関わりを、望まずにはいられなかった。

だから、聖女に選ばれたときには嬉しかった。

アニカと会話をしようとしてくれる人が何人もいたから。

アニカが聖女に選ばれてからソフィアが来るまでは、アニカも司教達からセグレ教について授業を受けさせてもらっていた。ソフィアが今使っている聖女の部屋で暮らし、これまでとは比べようもないほど美味《おい》しいものを食べさせてもらった。

あの頃、ドラヴはアニカに優しかったように思う。たまに手を上げられることはあったが、それはアニカが失敗したときや間違えたときだ。きちんとアニカが正解を選んでいれば、ドラヴはアニカに優しかったし、おやつもくれた。だからアニカはいつも、間違えないように頑張っていた。

アニカを取り巻く環境が変わったのは、ソフィアが『純白の聖女』として連れてこられることが決まってからだ。

使っていた部屋はソフィアものになった。受けさせてもらっていた授業がなくなった。

間違えなければ優しかったドラヴが、アニカが何もしなくても手を上げるようになった。司教達にいないものとして扱われるようになった。

最初はアニカの立場を奪っていったソフィアを恨みそうになったこともあった。アニカが素晴らしいものだと思っていた場所を、不満げな顔で過ごす理由が分からなかった。

サンティからされる求婚を断り続けるのも、気に入らなかった。

アニカが大聖堂に来てから今日まで態度が変わらなかったのはサンティだけだ。ほとんど喋《しゃべ》らない代わりに、一度も手を上げられたこともない。良い人だった。

サンティはアニカがこれまでに出会った誰よりも美しくて、だから拒むソフィアのことが理解できなかった。

でも、今なら分かる。ソフィアは夫だというギルバートのことを愛している。他の国の人が無理やりここに連れてこられて、だから、あれほどに拒んだのだ。

アニカはとぼとぼと歩いてサンティの部屋へと向かった。

「アニカです。聖女さまに言われて、こちらに参りました」

扉を叩くと、中からサンティの綺麗な声が返事をする。

「ああ、待っていましたよ」

アニカにも律儀に敬語で話してくれるなんて、サンティはなんて素敵な大人なのだろう。アニカが緊張しながら立っていると、少しして開いた扉からアニカは部屋に引っ張り入れられた。

驚いて声を出せずにいるアニカに、サンティが苦笑する。

「驚かせてしまってごめんなさい。アニカは、聖女様からどう聞かされてここに来たのですか？」

「えっと、私が部屋を出たら教皇さまのところに行くように、と」

アニカがありのままの言葉で伝えると、サンティは迷うように視線を揺らした。何か問題があるのだろうか。

「あの……？」

「——失礼しました。僕は聖女様から、アニカ、貴女をここから自由にするよう頼まれたのです」

「え？」

サンティの問いに、アニカはつい問い返した。大聖堂に入ったら、二度と出られない。それが常識として生きてきたアニカには、思ってもいなかった選択肢だった。

サンティは言葉を続ける。

「とはいえ、元いた地区ではアニカは有名になっているでしょうから、同じところに行ってはいけません。他の地区で、違う仕事を探してもらうことになります。……それでも、ここから出ようと思いますか？」

アニカは答えが見つけられないまま俯いた。

ソフィアはここから出られないことを辛《つら》いことのように言っていたが、アニカにとってはそうとも限らなかった。

大聖堂にいれば衣食住は保証される。ドラヴや司教達に怒られることはあるが、それでも精々打ち身と擦り傷程度。酷《ひど》い怪我《けが》の危険があるのは外も同じだ。

酷いことは言われるだろうが、そんなことアニカにとっては慣れっこだ。

外に出れば、ここに戻ってくることはできない。聖女になるはずだったアニカではなく、羊飼いの手伝いをしていたアニカでもなく、ただの少女の一人になる。

この場所で、今アニカを取り巻く環境が良いものではないことはアニカ自身も分かっていた。それでも、踏み出す勇気なんてもの、もうアニカは持っていない。

「どうしたい？」

サンティが聞いてくる。

咄嗟《とっさ》にここにいると答えそうになったアニカの脳裏に、ソフィアの声が過《よぎ》った。

『大丈夫だから。ね？』

優しく、温かい声だった。

もしソフィアが愛しているという夫がいるとしたら、きっとこんなふうなのだろうと思わされるくらい、慈しみに溢《あふ》れた声だった。

ソフィアがアニカに外で生きる道を用意していたのには、意味があるのかもしれない、と思った。

これまでアニカは自分で未来を選んだことがない。

物心ついたときにはいなかった親。選ぶこともなく与えられた仕事。

教会の聖女像に選ばれた聖女。ソフィアが現れて与えられた世話係の仕事。

ソフィアはいつだって、望まない場所でも自分の意思を持っていた。サンティの求婚に頷くことも無く、ドラヴにもしっかり言い返し、拒否していた聖女の役目を受けることを決めたのもソフィアの選択だ。

夫を愛していると言って涙を流したとき、アニカは好きな人の側《そば》にいたいと思っているのに、その願いを叶えられないことを嘆くソフィアのことを、可哀想《かわいそう》だと思ったのだ。

これまでのアニカは選べないことが当然だったけれど、選べないことを嘆くソフィアが選べと言うのなら、ここで役立たずのままでいるよりも、もしかしたら明るい未来があるのかもしれない。

アニカはスカートの陰でぎゅっと両手を握り締めた。

「――外に、出たいです。出してくださいっ」

サンティが満足げに笑う。

そしてソファに飾られていたカラフルな伝統柄の布を取り、服に見えるように服の上からアニカの身体に巻き付けた。

「分かりました。この布は、ここから出たら売ってください。当面の生活費になるでしょう」

「え、でも」

こんなに高そうなものを受け取って良いのだろうか。遠慮して拒もうとしたアニカの頭に、サンティが大きな手をぽんと乗せた。

「……良いですか、何があっても声を上げてはいけません」

「は、はい」

サンティはアニカの目の前で、机に置かれていたナイフを手に取り、思いきり左手の薬指に突き刺した。ぽたぽたと垂れる血が、指から折り曲げた肘へと伝っていく。かなりの深手らしい。

アニカは見慣れない血に顔を青くして、咄嗟に助けを呼ぼうとした。

しかしサンティはアニカの口を塞ぎ、その手をどうにかしようとしたかのように寝台から引き抜いたシーツで指をぐるぐる巻きにする。

「もうすぐごみを集める荷車が来ます。アニカは血が付いて捨てるシーツと一緒に荷車に乗り込んで。

荷車は大聖堂の西にある焼却場まで運ばれるから、途中で抜け出して隠れてください」

アニカが返事をする前に、部屋の扉が外から叩かれる。

「誰ですか？」

「ごみを回収しに来ました」

「ああ、入ってください」

アニカが隠れたことを確認してからサンティが扉を開ける許可を出す。アニカからはシーツの陰に隠れて見えないが、入ってきた男性はサンティの様子に驚いたようだ。

「ど、どうされたのですか⁉」

「ちょっと、手が滑って切ってしまって。治療ができる者を連れてきてくれますか」

「は、はい！　すぐに！」

机の上から血が垂れて、シーツも少しずつ赤く染まっているのを見たのだろう。荷車をその場に置いて、男性はぱたぱたと足音を立てて走っていった。

「今です。早く荷車に」

アニカはサンティに言われるがまま、身体を小さく丸めて大きな荷車の片隅に乗り込んだ。サンティが、シーツがごみだと分かるように、血が見えるようにしてアニカの上にシーツを雑に置く。

暗くなり何も見えなくなったアニカは、医師を連れてきた男性が回収したサンティの部屋の残りのごみと共に部屋を出た。

この荷車は魔道具になっていて、階段も上り下りできるものだ。アニカは大聖堂に来て始めて魔道具を見たが、こんなに便利なものが街では使われていないのは勿体《もったい》ないと思ったのを覚えている。

後になって、セグレ教の教えで魔道具は使われないのだと知ったけれど、ならどうしてここでは使われているのだろうと不思議に思った。

ドラヴに聞いたら叩かれたので、それからは口にしないようにしていた。

男性は荷車を押して次々部屋を回って、ごみを回収していく。細かな部屋が多い場所では、廊下に荷車を置いてごみだけ手で集めて荷車に入れているようだ。

少しずつごみが増えてきて、匂いと汚さが気になったアニカはいっそう身を縮めた。

そのとき、アニカの耳によく知っている声が聞こえた。

「——しかし、上手《うま》くいきそうで良かったですね」

「ああ。教皇様の提案には驚かされたが、子供が確実に魔力無しになるかは分からないからな」

部屋の中で話しているようで少し距離があるが、ドラヴとシャウの声に間違いない。

「完全に魔力が無い聖女など五百年ぶりだ。前時代を作った幻の魔石が採れるに違いない」

アニカは聞いてはいけない話だと気付いて息を潜める。

ドラヴとシャウは、聖女と魔石について話していた。アニカには魔石というものが何かは分からないが、きっと高いものなのだろう。

「教皇様は、魔力無しからは魔力無しが産まれると思ったのでしょうか」

「ああ、そう仰《おっしゃ》っていたが……もし産まれなければ、せっかくの純白の聖女の無駄遣いになってしまう。それでは勿体ない。やはり、金は生きているうちに生み出してもらわなければ」

「ですが、エラトスとアイオリアの動きが気になりますね」

「どうせ純白の聖女が立てば、我が国の結界はより強力になる。鼠《ねずみ》一匹、魔法一つも入ることはできないのだから、アイオリアは気にしなくて良い。エラトスも、幻の魔石を見せれば黙るに決まっているさ」

「そうですね。……いくらになるのか、今から楽しみです」

「聖女が尽きるまで、十年くらいか。どうせ死体も残らないのだから、問題はないさ」

ははは、と笑うドラヴの声は、アニカを罵るときとは比べようもないほど上機嫌だ。心配している口調のシャウも、喜色を隠しきれていない。

アニカは二人の話を聞いて、叫び出しそうになるのを必死で堪《こら》えた。

聖女とは、国を守るために必要な大切な役目なのだと教えられてきた。選ばれるのは名誉なことで、アニカが選ばれた教会では聖女に選ばれずに泣いている子すらいた。

それなのに、どうして大司教達は金の話をしているのか。

それに、死体すら残らない、というのは。

これではまるで、聖女は早くに死ぬことが分かっているかのようだ。

アニカの心臓がどくんと嫌な音を立てる。

ソフィアがアニカに向けた綺麗な笑顔。あれが、ソフィアに会う最後になるのかもしれない。

ソフィアがサンティの求婚を受け入れていたら、アニカが聖女として死ぬことになっていたのかもしれないのに。だとしたら、ソフィアはアニカのために死を選んで、アニカを逃がそうとしてくれたのだろうか。

違う。アニカは頭が良くないから、きっとこんなことを考えたのだ。

どくん、どくん。

鼓動が煩くて、二人に聞こえてしまいそうだった。

どうか静かになってくれと願いながら、アニカはこれまで以上に必死で身体を小さくする。

「――大司教様、大変です！」

そのとき、誰かの声が突然割り込んできた。

「何事だ」

「エラトスの王族を名乗る者が、護衛騎士と共に大聖堂に訪れました。教皇様と大司教様に会いたいと言っています……！」

「は？　あの国王何しに来た！」

「見学と言っていましたが」

「今から祭祀というときになんという邪魔が。何かを悟られても面倒だ。取り込み中と言って、追い返しておけ」

ドラヴの声に焦りと苛立《いらだ》ちが混じる。

報告に来た男性が、ばたばたと走って出て行く。

「くそっ、何をしに来た」

ドラヴがだんっと何かを叩く。

「い、いや……今日が祭祀だと知られるはずがありませんよ。帰る前に一番大きい建物を見たいとか、そういう理由に決まっています」

「そうか？」

「そうですそうです！　だから私達は、祭祀の準備を進めましょう。魔石が楽しみですね」

シャウはとにかく波風を立てたくないようだ。おだてて誤魔化して、ドラヴの機嫌を取ろうとしている。ドラヴは最初こそ突然の来客を気にしていたが、祭祀を終わらせてしまえばもうどうにもできないのだと笑った。

アニカを乗せた荷台が、動き出した。

アニカが乗っている荷台が外に出たことに気付いたのは、荷台の中の気温が高くなったからだ。大聖堂の中はいつも涼しくて、過ごしやすい気温が維持されていた。外の空気に触れるのは数か月ぶりだ。からっと暑い気候に、本当に大聖堂から出てしまったのだと理解する。

がたがたと動く大きな荷車は、外門を出た先の焼却場側で止まった。男性同士が会話をする声が聞こえてきたので、どうやら誰か知り合いと話しているらしい。

アニカはサンティに巻かれた布で神殿の白い服を隠しながら、こっそりと荷車を抜け出した。男性は人がごみの中に紛れ込んでいるとは思いも寄らなかったようで、アニカに全く気付かない。

アニカは走った。

大聖堂を出てしまえば、アニカはただの十歳の少女でしかない。

髪の色は目立つかもしれないが、大司教も司教も大聖堂から出歩くことはない。離れてしまえば誰にも気付かれないだろう。

焼却場から外壁の陰になるところを選んで走り、大聖堂の正門前へ。

祈りに訪れた信者である国民達を横目に、アニカはドラヴ達の話を反芻《はんすう》した。

エラトスの国王が護衛騎士と共に大聖堂に来た。

ソフィアは、エラトスとも親交があると言っていた。

もしラクーシャ国に聖女が必要なのだとしても、何も知らない、他の国に居場所があるソフィアがなるべきではない。

もし、アニカにできることがあるのなら。

アニカは走りながら、周囲の人達を観察した。エラトスという異国の男性二人連れ。このラクーシャ国は鎖国をしていて、皆同じような服装をしている。

きっと、異国の人間は目立つはずだ。

大聖堂から続く道をまっすぐ走っていったアニカは、広場の人混みを抜けた先の大通りに見慣れない服装の二人の男性を見つけた。

一人は華やかな青い上着に白いズボンをはいている。もう一人は上下白い装飾が付いた、かっちりしているのに動きやすそうな服だ。

異国の国王と護衛騎士と言われると納得できる装いだった。

声をかけても、言葉が通じないかもしれない。

そんなこともすっかり頭の中から吹き飛んでいた。

アニカはただ二人に駆け寄って、人の気配を察したからか、振り返りざまに剣に手をかけた護衛騎士に向かって、全力で助けを求めた。

「ソフィアさまを助けてください……っ！」

◇　◇　◇

ギルバートはコンラートと共に大聖堂に向かい、どうにか中に入ることができないかと模索した。

しかし大聖堂にはセグレ教の司教達だけでなく、純粋な信徒であるラクーシャ国民達もいる。騒ぎを起こしてエラトスとラクーシャ国の関係に傷を付けるわけにはいかなかった。

正面から入ろうとコンラートがドラヴを呼び出してほしいと司教に頼んだが、忙しいからの一言でばっさりと断られた。

急に訪ねたのはこちらなので、それ以上何も言えず、せめて裏口を探してみようと大聖堂を後にした。

万一後をつけられていたら面倒なため、ある程度離れてから裏道を使って大聖堂の側まで戻ろうと思っていたのだが。

大聖堂の前の広場を早足で横切って、大通りへ。

ギルバートが意識していた範囲では追跡者はいないようだと安堵《あんど》しかけたとき、突然小さな影がギルバート達に向かって駆け寄ってきた。

咄嗟に剣を抜きかけたギルバートは、そこにいたのが小柄な少女だったことに気付いて訝《いぶか》しげな目を向ける。

特徴ある模様の赤い色の布を巻いているのはラクーシャ国でよく見る衣装だが、よく見るとその下には白い服を着ているようだ。貧しい身なりではないのに、肉付きが悪いのか、栄養が足りていないように見える。

少女は泣きそうな表情で目をしっかりと見開いて、ギルバートに懇願する。

「ソフィアさまを助けてください……っ！」

その小さな口から発せられたのは、ギルバートが今一番聞きたくて仕方がない、誰より愛《いと》しい人の名前だった。

少女は走ってきたようで、肩で息をしている。よく見れば、布の下から覗《のぞ》いている白い服は司教や大司教達が着ている服と同じ素材のようだ。

逃げてきたのだろう。

ギルバートは剣の柄《つか》から手を離し、右手で少女の手首を掴む。

「ソフィアと会ったのか」

そうすれば少女が考えていることが分かり、説明を聞くよりも早く状況が分かるはずだった。

「はい。私、ソフィアさまのお世話担当だったんです！」

少女の声だけが、ギルバートの耳に届く。

それは、あり得ないことだった。

「……お前は」

ギルバートは目の前の少女を見た。

珍しい白い髪の、印象的な赤い瞳の少女だ。ぱっと見た限りでは、色以外に特徴がないように思う。

それなのに、どうして触れても魔力の揺らぎを感じないのか。

いつもならば感情と記憶が一気にギルバートの中に流れ込んでくるのに、それがない。ただ子供らしい熱い肌と、力をかけたら折れてしまいそうな腕があるだけだ。

ギルバートはアニカの手首からゆっくりと手を離した。

動揺が隠しきれずにいるギルバートの前で、アニカは言葉に詰まりながらも必死に話し始めた。

「わ、私、アニカっていいます。あの、ソフィアさまのこと、知ってますか？」

アニカと名乗った少女は、どうして良いか分からず混乱しているようだ。言葉を失っているギルバートの代わりに、コンラートが口を開く。

「ソフィアさんは、私の国のお客さんだったんだ。だけど、誰かに連れて行かれてしまったから探しているんだ。アニカちゃん、知ってることがあるなら、あっちで事情を聞かせてくれるかな」

大通りの脇道を指さしたコンラートに、アニカは素直に頷いた。

大通りの塀の陰に移動して、コンラートはアニカに話の続きを促した。

「ソフィアさまが聖女になって、山に連れて行かれちゃうんです。そうすると、死んでしまうって大司教さまが言っていて。で、でもソフィアさまは私を外に出してって教皇さまに言ってくれていて……それで、私。本当は、私がやらなきゃいけなかったのに……ソフィアさま、良い人だから……っ」

アニカの話は今ひとつ要領を得ない。

それでも今の話で、ギルバートは一つ分かったことがあった。

「お前は、元の聖女候補か……」

ギルバートでも魔力が読めないほどに微弱な魔力しかない少女。

聖女とされる女性に魔力が少ない女性を選んでいることがはっきりと分かる。それと同時に、セグレ教で重要だとされる山の聖堂にあるものが古代魔法具であるという確信を得た。

古代魔法具を動かすのに必要な、媒介となる人間。それは魔力が少なければ少ないほど良いということは、もう分かっている。

「そうです。私はソフィアさまの前に、聖女に選ばれたんです。大聖堂は一度入ると生涯出ることはできないところで、大司教さまが聖女は魔石とお金を生むって言ってて……教皇さまと結婚すれば聖女にならなくて良かったのに、ソフィアさまは私のために――」

アニカを観察していたギルバートは、丈が短い子供らしい服から覗く細い足に目を止める。そこにいくつもある青痣《あおあざ》に気付いて、顔を顰《しか》めた。

細くて怪我がいくつもある聖女候補だった子供と、その子供を側に置いていたソフィア。

聖女が生む魔石と金。

死んでしまう、という言葉。

それらを繋げると、ギルバートにはソフィアがどうしようとしているのか手に取るように分かった。

ギルバートには、分かってしまった。

「――私のために、ソフィアさまが代わりに……！」

アニカの両の目からぽろぽろと涙が溢れていく。

ソフィアならばこの少女を逃がすために、躊躇無く自分を犠牲にするだろう。しかしそれは見知らぬ土地で、見知らぬ子供のために擲《なげう》って良いものではない。

ギルバートはぎゅっと目を瞑り、自身の内に渦巻く怒りの感情に呑まれないよう深呼吸をした。

「必ず助ける。ソフィアは絶対に、私を待っている」

ソフィアが勝手に諦めたものは、欠かさずギルバートが拾い集めるのだ。

7章　黒騎士様は令嬢を諦めない

ソフィアが司教達に連れて行かれたのは、大聖堂の二階にある部屋だった。これまでソフィアが入ろうとしても扉が開かなかった部屋の一つだ。

奥に小さいながら華やかな祭壇があり、壁にはモザイク画がある。柱と天井には森と聖女をモチーフにした絵が描かれていた。

祈りの間といった雰囲気だが、端に華やかな空間に似つかわしくない無骨な木製の衝立《ついたて》が置かれているのが気になった。

ソフィアは司教に衝立の側《そば》へと連れて行かれた。

そこには落ち着いた服装をした女性達がいて、側にはたっぷりとした白い布が置かれている。

「あの……？」

女性達はソフィアの手をひょいと引いて、衝立の奥へと引っ張り込んだ。

「――」

翻訳の魔道具が無いため、何と言われているのか分からない。

しかし首を傾《かし》げたソフィアに構わず、ソフィアは女性達によって着ていた服を脱がされた。白い聖女服を脱がされ、身体《からだ》を白い布で拭かれて新しい服を着せられていく。

祭祀《さいし》のための衣装に着替えるのだろう。もう抵抗するつもりのないソフィアは、されるまま素直に服を着替えていった。

白く艶やかな布が手の甲までを覆い、肩に掛かる上着部分と二重になっている。縁や装飾、全ての刺繍《ししゅう》に金糸が使われ、スカート部分につけられた金の装飾が少し動く度にしゃらしゃらと音を立てた。

薄く化粧をされ、髪にも揃《そろ》いの金の飾りを付けられる。胸元には今日まで付けていたものと同じブローチが付けられた。

ソフィアは、山の聖堂に閉じ込められるという話の割に派手で装飾の多い服装が気になった。こんなに着飾らされたところで、何の意味があるのだろう。

今日、聖女として祭祀に向かう姿が見られることで、宗教的神聖さを演出するため以外に特に理由が思い浮かばない。

しかし今日まで触れたセグレ教の聖女の祭祀については、ソフィアはわざわざそうした神聖さを演出する必要も無いように感じていた。飾り立てる必要性は無いように思った。

それなのに、ソフィアは誰に見せるためにこんな服を着ているのだろう。

「──……！」

女性の一人が着替えを終えたソフィアを連れて衝立の陰から出る。

いつの間にか、部屋には四人の司教がいた。

「──」

「……分かりました」

もう意味を理解することを諦めたソフィアは溜息《ためいき》と共に共通語を返し、無気力に彼等についていく。

辿《たど》り着いたのは、三階にある豪奢《ごうしゃ》で大きな扉の前だった。

そこにはドラヴともう一人、同じ服装を着た男性がいる。この人も大司教なのかもしれない。

ソフィアが最初に部屋を出たときに見つけた、一つだけ他の扉と異なる扉。周囲に人気《ひとけ》が無い三階にそれだけがあって、ソフィアはずっとどこに繋《つな》がっているのかと気になっていた。

「――、――」

「――」

二人が何事かを話すと、司教達が頷《うなず》いて扉に向かった。

ソフィアは無意識に息を潜めた。

考えれば考えるほど、この先に待っているのは良くないことでしかない気がする。

「――、――」

ドラヴが手をかけると、大きな扉が音を立てて開いた。

「これは……洞窟？」

思わず声に出して、咄嗟《とっさ》に両手で口を塞いだ。

中は煉瓦《れんが》で固められた暗いトンネルに、等間隔に松明《たいまつ》が立てられていた。

不吉というべきか、神聖な雰囲気というべきか。ソフィアが迷っているうちに、男達に左右の腕を引かれ、トンネルを先へと進まされる。

ひんやりとした洞窟の気温と、足元から伝わる湿気。

背筋がぞくりとするような恐怖が、這《は》い上がってくるかのようだ。

それでも周囲を屈強な司教達に囲まれ、ドラヴが目を光らせているこの状況では、ソフィアは奥へと進まざるを得ない。

アニカは無事この大聖堂から逃げることができただろうか。

こんなところをアニカが歩いたら、きっと怖がっていただろう。それをさせずに済んだだけでも本当に良かった。どうか無事でいてくれるようにと願わずにいられない。

ソフィアにできることは、万一ギルバートがソフィアの居場所に気付いたときに、ソフィアを妻としたことを後悔させせないよう振る舞うことと、できるだけ長く生きようとすること。

そうすることが、ソフィアが愛したギルバートに誠実でいることだと思った。

煉瓦が途切れると、その先に広がっていたのは天然の洞窟だった。奥へ進む度に少しずつ暗くなっていき、ソフィアの恐怖心も大きくなっていく。

それでも立ち止まらずにしばらく歩くと、奥から白い光が差してきた。その漏れ出る光に向かって、司教達は慣れた足取りで歩いていく。

やがて目の前に広がった光景に、ソフィアは息を呑《の》んだ。

「——こんなところに、聖堂が……」

洞窟の中に、美しい建物があった。

丸い装飾が印象的な聖堂で、純白の壁が土壁に囲まれた洞窟の中でぽっかりと浮き出て見える。洞窟の天井には地上まで穴が開いており、白い光はそこから差し込んでいた。

ドラヴが聖堂の鍵を開けて、ソフィアの背中を押した。

「——！」

早く入れ、とでも言われたのだろうか。

聖堂の中に入るとすぐに、ソフィアの目の前に、色鮮やかなステンドグラスを通った光が飛び込んでくる。そこはこの世のものとは思えないほど、全てがきらきらと輝いていた。

あまり広くないその空間の中心に、大きな噴水のような泉がある。

それを見て、ソフィアは目を見張った。

あまりの光景に、指先まで硬直して動かなくなってしまったかのようだった。

「これは――っ」

泉の水は、それ自体が輝いていた。

透明に輝く水はふわりと球を描く軌道で浮き上がって、泉の真ん中にある台座に置かれた二メートル近い大きさの水晶へと吸い込まれていく。

その水晶の中には、白い衣装を着た女性がいる。女性の輪郭はほとんどぼやけて、身体を透かして反対側が見えた。

「もしかして、ラクーシャ国特産の魔石って……」

ソフィアが呟《つぶや》いた言葉が、狭い聖堂内に反響する。

誰からも返事が無いと思っていた場所で、答えはドラヴからもたらされた。ようやく共通語を話す気になったらしい。

「これは、ラクーシャ国の結界を維持する古代魔法具です。大がかりな古代魔法具には人間の生命力が必要でして。――国を守るためには、聖女様の尊い犠牲が必要なのです」

「でも、もう大昔に戦争は終わっています。無理に稼働させ続けることは――」

「ふふ。この魔法具は、結界の副産物として国民から集めた魔力を石にすることができるのですよ。魔力が無い方が、より曇りの無い美しい魔石が手に入るのです。せっかく魔力が無い『純白の聖女』を見つけたというのに、目の前の富を手放すことなどできるわけがないでしょう」

ドラヴが笑って、何も言えずにいるソフィアを泉に向かって突き飛ばした。輝く水の中に落ちて尻餅をつくソフィアに、ドラヴが満足げに笑う。

ソフィアが身につけていたブローチが、きらりと光った。

「……貴女《あなた》は教皇様の求婚を受け入れていれば、生きていられたでしょうに」

ソフィアの目の前で、水晶の中にいた先代聖女らしき人物の、僅かに残っていた姿が消えていく。

核を失った水晶はばしゃんと音を立てて泉の中へと転がり落ち、代わりに吸い込まれる先を失った水がソフィアの身体に向かって襲いかかってきた。

「きゃ……きゃあああ！」

足に、腕に、水が張り付いていく。それらはソフィアの身体に触れた瞬間固まって、ソフィアの自由を奪っていく。

立ち上がって泉から逃れようとしたソフィアは、それ以上動けずドラヴを睨《にら》んだ。

「こんなこと……許される、わけが」

「ははは。言われなくても、許されてきたのですよ……聖女様」

水がソフィアの全身を包み、声も出すことができなくなった。不思議と呼吸ができるのは、この水が魔力そのものだからだろうか。

固まり水晶になっていく水が恐ろしくて目を開けていられない。瞼《まぶた》をぎゅっと閉じると、そのまま顔も動かすことができなくなる。

魔力の渦が、ソフィアの中に入ってくる。

「ギルバート様……ごめ……なさ――」

言葉は声にならなかった。

ソフィアの意識は闇に落ち、暗い魔力の渦の中に沈んでいった。

◇　◇　◇

『ソフィアさまが聖女になって、山に連れて行かれちゃうんです。そうすると、死んでしまうって』

アニカの声がギルバートの頭の中で何度も繰り返される。

アニカはソフィアが現れなかったときに使われるはずだった聖女だ。

この国にはまだセグレ教と共に生き残っている古代魔法具がある。その一つは各教会にある聖女選定のための聖女像で、一つは国の結界だ。

強い結界を維持するには、定期的に聖女が必要だったのだろう。

ギルバートは全力で駆けた。

目的地は大聖堂の裏手にある山だ。

聖女は山に連れて行かれる。つまり、山に古代魔法具が隠されているのだ。おそらくは、円形の島の中心に限りなく近い場所に。

聖女の祭祀がそのようなものだと分かっていたら、大聖堂ごと破壊してしまっていたものを。国民にも聖女にも隠して、大司教達は何をしているというのか。

ギルバートはずっと怒っていた。その感情をずっと押し殺していた。

山にはたくさんの緑が生い茂っている。

ソフィアには魔力が無いから、魔法で気配を辿ることはできない。しかしドラヴや司教達は、魔法を使うことがなかったとしても、魔力を確かに持っている。

しかし先程山の中に入ってから、途中までは機能していたギルバートの追跡魔法が全く役に立っていなかった。まるで何かに惑わされているかのように、山じゅうから漂う濃い魔力の気配が邪魔をする。

それが古代魔法具によるものだと分かっていて、思い通りにならない状況にギルバートは焦燥を隠せずにいた。

落ち着かなければならない。焦っても結果が良くなることはないのだと、騎士団の訓練時代に何度も繰り返し聞かされた言葉が警鐘を鳴らす。

「ソフィア……どこにいる」

すぐ側にいることは分かっているのに、上手《うま》くいかない。

どうしてと何度も自身を責めた。

ギルバートは効果の無い追跡魔法を常に展開しながら、木々を掻《か》き分けていく。大聖堂から古代魔法具までの道が地下にあるのなら、せめて入口を見つけたかった。

白い騎士服に土汚れが増えていく。

木の枝に皮膚が切られたとき、突然一際強い魔力の波がギルバートを襲った。

「──っ」

思わず追跡魔法を打ち切り、呼吸を整える。

同時に自身の魔力の一部がどこかに収束されていく感覚に、ギルバートは目を見張った。

「これは……古代魔法具の力か？」

ギルバートはすぐに今奪われた自身の魔力が向かう先へと走り出した。

ラクーシャ国では国民は魔力を意識せず、使わずに生活している。それは皆が魔力に鈍感だということだ。

魔法が使える者がいないのならば、魔力が常に抜かれていても気付かないだろう。

ラクーシャ国の古代魔法具は、五百年前の戦争時に作られた。

聖書に書かれていた『神に仕えた者』が古代魔法具を起動し、魔力が無い『純白の聖女』が最初に古代魔法具の回路の一部となったのだ。

当時は戦時中で、国を守るための貴い犠牲だったのだろう。魔力が無い者が身を捧《ささ》げたのならば、きっとラクーシャ国の結界は最強の防壁となったに違いない。

それから長い時間が経《た》ち、戦争はとっくに終わった。

それでもラクーシャ国が結界を維持しているのは、鎖国を利用した宗教統治のためだと近隣諸国の誰もが思っていた。

まさか、国民を守るために作られた古代魔法具を利用して、国民から魔力を奪い、聖女を犠牲にし、セグレ教が特産とされる魔石を作り私腹を肥やしていたなど、思わない。

「だから、ソフィアが欲しかったのか」

伝説上の存在とされる『純白の聖女』ならば、古代魔法具の効果は最大となり、魔石の質も向上するだろう。アイオリア王国が怒って攻め込もうとしても、最強の結界を破ることはギルバートでも難しいに違いない。

魔力を追いかけた先の地面には巨大な穴が開いていた。覗《のぞ》き込むと、きらりと何かが光っている。

迷わず飛び降りたギルバートは魔法で速度を調節しながら落下し、それが何らかの建物であると分かった瞬間、天井のステンドグラスを蹴り割った。

がしゃん、と大きな音がして、色とりどりのガラスの破片と共に落下する。中にいた人々が悲鳴を上げ蹲《うずくま》るのを横目に、ギルバートは先に落ちた赤いガラスを踏んで着地した。

足の下からじゃり、とガラスが擦れる嫌な音がする。

しんと静まり返った聖堂内で、最初に声を発したのはドラヴだった。

「何をしている!?」

その声に鼓舞されたように、シャウと他の司教達も立ち上がる。

ギルバートは彼等に構わず、聖堂内を見回した。ドラヴ達がいるということは、ソフィアもここにいるはずだ。祭祀を行ったから、あの魔力の波が起こったに違いない。ならば一刻も早くソフィアを古代魔法具から引き離さなければ。

そう思ってソフィアを探していたギルバートの視界に、輝く水が溜《た》まる泉が映り込む。泉の中央に台座が置かれ、その上に透明な水晶があった。

ギルバートは、そこから目が離せなかった。

「あ、れは」

水晶の中に、人がいる。

薄茶色の髪が風に靡《なび》いているかのようにふわりと浮いていて、白と金の華やかな衣装はそれが神聖なものであることを示すよう。

強く握り締めたら折れてしまいそうな細い手足も、触れたら柔らかそうな頬も、艶やかな唇も。ギルバートが知っているソフィアそのものだ。

ようやく会うことができたソフィアは、美しい一瞬をそのまま切り取ったかのように、ギルバートの視線を受けてもぴくりとも動かない。

光る水が、ふわりと浮かび上がって水晶に吸い込まれていった。また少し、ソフィアの周囲の水晶が厚く大きくなっていく。

助けなければ。

ギルバートはソフィアを回路の一部とした古代魔法具に駆け寄った。しかしソフィアを閉じ込めた水晶を泉から切り離そうとしたギルバートの魔法は、古代魔法具によって当然のように弾《はじ》き返される。

それを見たドラヴが、自分達の勝利を悟ったかのような顔で怒りを露《あら》わにした。

「はは、もう何をしても無駄だ！　何者か知らんが、聖なる場を滅茶苦茶にした罪は償ってもらいましょう！」

どこに隠していたのか、司教達が手に短剣を持っている。

ギルバートは泉を背後に守るように立ち、少しも迷わずに左手で右手首につけていた腕輪をかなぐり捨てた。

暴走しても構わない。こんな歪《いびつ》な国、どうとでもなってしまえば良い。

魔力を制御できなくなったギルバートの濃茶の髪が、端から銀色に戻っていく。

「――ソフィアが、私の妻だと知っての狼藉《ろうぜき》か？」

許せなかった。

ソフィアを巻き込んだドラヴが。ソフィアを利用したセグレ教が。ソフィアに守られたアニカが。

誰より、ソフィアを守ることができなかった、ギルバート自身が許せなかった。

「ギルバート・フォルスター……」

ドラヴがようやくギルバートの名を口にする。

ギルバートの口角が、無意識に僅かに上がった。

「愛《いと》しい妻を攫《さら》ったこと、後悔させてやる」

怒りがそのまま視認できるならばこれほどであろうというように、ギルバートの周囲に強い風が巻き上がる。

ギルバートには魔力を操ろうという気は一つも無かった。

壊れるなら、全て壊れてしまえば良い。

風にガラスの破片が混じり、司教達に襲いかかる。

いつか、傷付けないで、傷付かないでとギルバートの手を握ったソフィアの手の温かさが、声の涼やかさと甘さが、恋しくて苦しくて仕方ない。

「何故《なぜ》……」

もっと自分を大事にしてくれなかったのか。

アニカの言うことが事実ならば、アニカを聖女にしてソフィアがサンティの求婚を受け入れていれば、こうなることはなかったのに。

他の男性の手がソフィアに触れることも、自分の側にいないことも許せないが、それでもソフィアが元気で生きていてくれるなら、それで良かったのに。

守る権利などと立派なことを言いながら、後悔することしかできない。ギルバート自身の居場所すらなくなってしまった今ごと、全部吹き飛ばしてしまいたかった。

彼方此方《かなたこなた》からがらがらと岩肌が崩れ落ちる音がする。

歪に笑うギルバートの目から、透明な雫《しずく》が溢《あふ》れて落ちた。

◇　◇　◇

身体が冷たい。

真冬の海にでも飛び込んだかのように、全ての熱を奪われてしまったようだ。無意識に震える身体を両腕で抱き締め、ソフィアははっと顔を上げた。

「あ……」

身体が動いている。

確かにソフィアは不思議な装置によって水晶の中に閉じ込められたはずだ。

聖女の役割はソフィアが想像していた監禁などではなく、完全に取り込まれて利用しようとするものだった。最後まで愚かだった自分を後悔していたのに、今、ソフィアは水晶から解放されている。

かたかたと小さく音が鳴る歯を食いしばって、ソフィアは重い瞼を開けた。

あんな状態のソフィアを助けてくれるのは、ギルバートしかいない。ギルバートであると、信じていた。

目の前に立つ白い騎士服の、後ろ姿の銀髪がソフィアに安堵《あんど》をくれた。

「ギルバート様……」

声が出ない口が、愛しい人の名前の形に動く。

しかしギルバートは、ソフィアを振り返ることはない。

ただ、強い風が吹いている。

泉だったものは割れ、水が溢れていた。聖堂は既に無く、残骸らしい柱が洞窟内に散乱している。

ドラヴ達は身を守ろうと身体を丸くしたり蹲ったりしている。服が赤くなっているのは、風に巻き上げられたガラスが斬り付けているからのようだ。

重い音は、洞窟内の壁が落ちていく音。

「一体何が――」

ソフィアはギルバートの後ろ姿から、いつも身につけている腕輪が右手首に無いことに気が付いた。舞い飛ぶガラスがギルバートの頬を引っ掻き、白い騎士服をも切り裂いていく。

止めなければ。

ソフィアは強い衝動で、まだ思うように力が入らない震える足で立ち上がった。

ギルバートが傷付くところを見たくない。

ソフィアはもう何も失いたくない。ここにいて、何度もそう願った。

フォルスター侯爵邸の皆と楽しく過ごしたい。カリーナともっと遊びたい。

ギルバートともっとずっと、一緒にいたい。

「ギル……様」

届かない。

思ったように出ないソフィアの微《かす》かな声は、激しい風にかき消される。

ソフィアは声に頼ることを止《や》めて、震える足で蹌踉《よろ》けながら駆け出した。

ギルバートとソフィアの間を鋭い風が横切って、次の一歩の邪魔をする。白い聖女服が煽《あお》られて、立っていられなくて膝をついた。ガラスの破片が布を裂く。

「……ル、さ」

もう一度手をついて立ち上がったソフィアは、ギルバートの表情を目にして目を見開いた。

ギルバートが、泣いていたのだ。

美しい藍色の瞳が涙に濡《ぬ》れて、口元は強く引き結ばれていた。まるで今すぐ叫び出してしまうのを堪《こら》えるような表情に、ソフィアの心が掻き乱される。

力が入らない足も、声が上手く出ない喉も、構ってなんていられなかった。

ギルバートを、一人になんてしたくない。

「ギルバート様……っ！」

ソフィアは掠《かす》れた声で叫んで、力を振り絞って地面を蹴る。振り返らないギルバートの大きな背中に、全身でぶつかるように抱きついた。

ようやく手が届いた愛しい人は、これまでにないほど冷たかった。

「ギルバート様、ごめんなさい。私のせいで……心配かけて、本当にごめんなさい」

ギルバートの背中がびくりと動く。

振り返った瞳にソフィアが映った。

大好きな藍色が、大きく揺れる。

「ソフィア……？」

「ギルバート様」

あれほど吹き荒れていた風が、一瞬で止んだ。

ソフィアはギルバートを少しでも安心させたくて、震えながらも精一杯の微笑《ほほえ》みを浮かべた。

「助けに来てくださって、ありがとうございました……」

ギルバートがソフィアを抱き締める。

「ソフィア！　お前は本当に……何故こんな無茶を──」

「あの、実は少し予想外だったんですけれど……で、でもきっと助けてくださると信じていました」

もう立っていられなくなったソフィアが膝をつくと、ギルバートも同時に膝をついた。触れた唇は、ソフィアのものもギルバートのものもすっかり冷えていて、不安定に震えていた。

意識が残っている者は、もう、ソフィアとギルバートの二人だけだ。

「ソフィア、冷たい」

「ギルバート様こそ」

「待て。魔法を──ああ、そうか」

身を離したギルバートがソフィアに右手を翳《かざ》しかけ、その手首に腕輪が無いことに気付いて狼狽《ろうばい》した。ソフィアは何があったのか分からずに首を傾げる。

「あの……？」

ドラヴを含む司教と大司教は皆気絶しており、聖堂はなくなっている。

ソフィアを水晶に閉じ込めた泉は壊れて水が溢れている。

ギルバートの頬に浅い切り傷が、着ている白い騎士服にはたくさんの切り裂かれた箇所があり、そのところどころに血が滲《にじ》んでいた。

洞窟の天井に開いていた穴は神秘的な雰囲気という範囲を超えて大きくなって、洞窟の中までしっかり真昼の明かりが差し込んでいる。

「――……少々諍《いさか》いがあった」

ギルバートがソフィアから僅かに目を逸《そ》らして俯《うつむ》く。

ソフィアはもう大丈夫なのだと小さく笑って、ギルバートにもう一度、今度は正面からしっかりと抱きついた。

8章　黒騎士様は令嬢を守る

ソフィアがギルバートに何があったのかを話すと、ギルバートは頷《うなず》いてすぐに司教達を拘束した。

縄が洞窟内にあったのは偶然ではなく、かつての聖女達に使われたものであろうことは明白だ。

ギルバートが苦々しい顔で縄をかけていく。

途中、ギルバートは洞窟の端に転がっていた白金の腕輪を見つけて右手首にそれを嵌《は》めた。傷は付いてしまっていたが、問題なく使えるようだ。

ギルバートはソフィアに周囲を暖かくするいつもの魔法を使ってくれた。慣れ親しんだ優しい魔法に、凍えきったソフィアの身体《からだ》も少しずつ体温を取り戻していく。

全員の拘束を終えると、ギルバートはソフィアの手を引いて、ソフィアが来る時に通ったトンネルを戻っていった。

「あ、あの。どこに行くのですか？」

「大聖堂だ。……このままにしておくわけにはいかない」

大聖堂の中に戻ると、そこでは大きな混乱が起きていた。

魔道具が全て壊れてしまったようで、扉の鍵となっている腕輪や聖女像、翻訳の魔道具まで全て使えなくなってしまったのだ。

扉は誰でも出入りし放題。機密も何もなくなってしまった。

「ギルバート様。これからどうするのですか？」

「まずは教皇と話をして、人柄を確認しなければならない。コンラート陛下に考えがあるようだ」

ギルバートもソフィアが動く姿を見て安堵《あんど》したようで、普段通りの落ち着きを取り戻していた。

「分かりました。私は外でお待ちしていた方がよろしいですか？」

ソフィアが言うと、ギルバートがすぐに首を横に振る。

「いや、側《そば》にいてくれ」

「はい……」

ソフィアは恥ずかしくなって、握る力が少し強くなった手を見下ろして頬を染めた。

ソフィア達が三階の廊下を歩いていると、ばたばたと落ち着かない足音が追いかけてくる。誰だろうと振り返ったソフィアは、そこにいた人物に驚いた。

「コンラート陛下？」

コンラートはエラトスの王族らしい華やかな上着とズボン姿で、スッキリとした目を細めてソフィアを見た。

「夫人、無事に戻ってくれてありがとう。本当に……私のせいで辛《つら》い思いをさせた。すまなかった」

コンラートがしっかりと腰を折り、ソフィアに謝罪する。

ソフィアは首を左右に振った。

「陛下のせいではありません。私も、せっかくのご招待の最中に巻き込まれてしまい、申し訳ございませんでした」

女性同士の茶会にも参加できていない。頑張ろうと思ってアイオリア王国を出たはずなのに、予定通りにこなせたことなど何もなかった。

「それこそソフィアのせいではない」

ソフィアの謝罪をギルバートが遮る。会話に割り込まれて普通ならば怒っても良いところなのに、コンラートは苦笑するだけだ。ギルバートも僅かに目を細める。

「コンラート陛下のせいでもありません」

ソフィアは二人が仲良くしている姿を見て、小さく笑った。

「教皇のサンティ様のお部屋は上にあります。ご案内してよろしいでしょうか」

「大丈夫か？」

ギルバートがソフィアに問いかける。

ソフィアは今度こそ曇りの無い微笑《ほほえ》みを浮かべて頷いた。

「はい……ギルバート様がいるので大丈夫です」

「……早く終わらせて、邪魔がないところでゆっくりしよう」

ギルバートは溜息《ためいき》交じりにそう言って、ソフィアが引く手を握り返して歩を進めた。

サンティの部屋も扉の鍵は壊れているようだ。翻訳魔法を展開したギルバートが扉を開けたにも拘《かかわ》らず、抵抗なく扉が開いた。

大きな窓を空よりも少しだけ深い青が覆っていたが、扉が開いてすぐにどこかに消えて、真昼の太陽が室内を明るすぎるほどに照らした。

サンティは椅子に座って本を読んでいて、ギルバートが部屋に無断で入ると顔を上げた。

しかしそのすぐ後に、ソフィアの姿を見て安堵の溜息を吐《つ》く。

「貴方《あなた》は一体……おや、聖女様」

「サンティ様」

ソフィアが名前を呼ぶと、ソフィアを見つけたサンティは嬉《うれ》しげな笑みを浮かべた。

「祭祀《さいし》は行われなかったのですか？　あのドラヴがどうして……ああ、僕の求婚を受け入れることにされたのですね」

「あの、私」

ソフィアの言葉を遮って、立ち上がったサンティはソフィアに一歩歩み寄る。

「良かったです。国のためとはいえ、信徒ではない女性を祭祀で使うのは良くないと思っていましたので。でも、それなら誰が聖女に――」

一方的に話すサンティは、心から喜んでいるようにも、また何かに怯《おび》えているようにも見える。

何となく異様な雰囲気に困惑して息を詰めたソフィアの代わりに、ギルバートがつかつかとサンティに歩み寄った。怪我をしたのか、左手に包帯が巻かれている。

ギルバートはしっかりと手首を掴《つか》んで、口を開いた。

「古代魔法具は壊れ、祭祀はもう行われなくなった。魔石ももう採れないだろう。――それと、ソフィアは私の妻だ。誰に請われても譲るつもりはない」

サンティは目を見張った。

目の前にいるギルバートを上から下まで確認するように見て、扉の側でコンラートに守られるようにして立っているソフィアに気付く。

ソフィアは小さく身体を震わせて、サンティをまっすぐに見つめた。

それで、サンティも終わったのだと分かったのかもしれない。

「――そう、ですか」

そう言ったサンティの顔にはもう、作り物の笑みは浮かんでいなかった。

◇ ◇ ◇

サンティは大聖堂で生まれ、大聖堂で育った。

サンティの母親は二代前の聖女だ。聖女となる前に司教の一人と関係を持ち、子を産んだ後すぐに聖女として古代魔法具に身を捧《ささ》げたらしい。

それ故、サンティを育てたのは当時から大司教であったドラヴ達であった。ドラヴは普段は理性的だが、ときに暴力的な面が強く出る。それはサンティが幼い頃から変わらない。

『何故《なぜ》こんなこともできないのですか？』

『生まれなかったことにして処理しておけば良かったですね』

繰り返された暴言と共に振り下ろされる手が、サンティに自身の在り方を叩《たた》きつけてきた。

常に良い子に、何があっても微笑む。知識は多く、余計なことは何も知らず。大人しく、それでいて信徒からは尊敬を集めるよう。

そうして作り上げられたサンティという一個の人格は、国民の支持によって教皇の地位を望まれるほどになっていた。

ドラヴは自分の言うことをよく聞き逆らわない教皇ならば、傀儡《かいらい》として利用できると考えたようだ。

大きな反対は無いまま、サンティは十三歳のときに教皇となった。

教皇となって広がった視野でセグレ教内部を見ていると、腐敗した部分が目立つようになった。

結界の古代魔法具は、時が経《た》ち平和になった代わりに、副産物である魔石それ自体が目的となった。

セグレ教の活動資金となっているのならばまだ良い。実際のところ、ラクーシャ国では大聖堂内でのみ使われている最先端の魔道具の購入費用や、大司教と司教達の私腹を肥やすのに使われている。

魔石の品質向上のため、ドラヴが他国の令嬢まで欲しがっていると聞いたときには怒りを通り越して失望した。唯一の友達であるデオドゥートを利用しようとも言われ、サンティの中に反発心が生まれた。

しかしどれだけ失望しても反発しても、その腐敗した組織の一番上は、自分なのだ。

そうして攫《さら》われてきたソフィアに、サンティは一つの提案をした。

『――聖女様、僕と結婚してください』

サンティを含めこのセグレ教の人間は、魔力が無い『純白の聖女』は聖書の中の存在だと思っている。つまりそれだけ希少だということだ。

一度の祭祀で使ってしまうのではなく、せめて教皇であるサンティと結婚させて子供を複数人作ることで、その希少な血を保存していこう、と提案すると、最初は目先の魔石を気にしていたドラヴも渋々だが頷かせることができた。

しかし、ソフィアの望まない行為をしたくはない。

そういったことをするのは、教皇として相応《ふさわ》しくない。

正しい行いではない。

結局サンティはソフィアを口説けず、代わりに罪滅ぼしにソフィアの願いを叶《かな》えようと提案した。

『サンティ様に人の心がおありでしたら……アニカを、ここから出してやってください』

『本心ですか？』

『勿論《もちろん》です。私が聖女の役目を果たせば、あの子にはもうここにいる意味が無いはずです。でしたら、自由にしてあげてください。教皇様ならできますよね？』

その自己犠牲を厭《いと》わぬ提案に、サンティは魔が差した。

大聖堂の内部に入ったら二度と出ることはできない。そんな基本中の基本をサンティが知らないはずがない。ソフィアもきっと気付いていたはずだ。

だからサンティは自身を傷付けてでも、必死でアニカを外に出した。

それでこれまでのセグレ教に何らかの問題が生じても、それは大司教達がこれまでに無理な形の上であっても気にせず積み重ねてきたせいだ。

サンティにはそれも仕方がないと思える。

セグレ教の信徒が好きだ。ラクーシャ国の国民が好きだ。

それでも、関係の無い誰かの幸福を犠牲にしたいとはどうしても思えなかった。

◇　◇　◇

「ああ、ギルバート・フォルスター侯爵閣下。我が国の者が大変失礼いたしました。よろしければ僕の首を差し上げますので、信徒達からは何も奪わないでもらえませんか」

サンティがまるで準備していたかのような滑らかさで言う。

いつの間にかまた微笑みを貼り付けたサンティに、ギルバートが溜息を吐いて、掴んでいた手首を離した。

これまで黙っていたコンラートが口を開く。

「……どうだった？」

「この者ならば、信頼できるかと。国民のことを一番に考える者であることは間違いありません」

「そうか」

ギルバートがサンティの魔力を通して見たものから感じたことをコンラートに伝える。

それを聞いたコンラートは、一瞬で厳しい表情を友好的な微笑みに変えた。

「さて、貴国の今後の処遇について話し合おう」

コンラートはにいと口角を更に上げる。

ラクーシャ国を実質的に支配していたドラヴ達は捕らえられた。

古代魔法具は壊れ、結界は無力化された。

特別な魔石も、もう採れない。

それでもこの国に住む者達を放って、逃げられてしまっては困るのだ。

「ありがとうございます、コンラート陛下。僕は、この国の教皇であるサンティ・モティラル・カルレです。こちらの者が起こした不手際にも拘らず、寛大なお言葉……本当にありがとうございます」

サンティが深く頭を下げた。

今にも話し合いが始まろうとしている。この話し合いはきっと長引くだろう。そして、ラクーシャ国とエラトス、そしてアイオリア王国の関係が大きく変わる一手ともなるだろう。

「ソフィア、先に行くか」

ギルバートがソフィアの手を引いてどこかへ行こうとしている。

しかしソフィアは首を振った。どうしてもそれより先に言いたいことがあったのだ。

「待ってください」

ギルバートの手を握ったまま、ソフィアはコンラートの前で姿勢を正した。

「――あの、私の指輪を返してくださいっ」

ソフィアが必死で勇気を出した言葉に、コンラートが思わずというように笑う。

ギルバートはソフィアの左手に指輪が一つも無いことを確認して、サンティに今すぐ持ってこいというように広げた右手を突きつけた。


コンラートはその場でサンティを説得し、今後ラクーシャ国をエラトスの属国とする条約を締結した。国民の信頼の厚いサンティを教皇のまま残すことで、結界の解除と外交開始に強い抵抗を抱かれなくするためだ。

サンティは、コンラートに今回の事件の首謀者と共犯者を確実に拘束し、今回のみ遡及効を適用し、エラトスの法律で裁くこととすると言い切った。

他国の貴人を攫うのは重罪だ。

更にドラヴとシャウは殺人未遂罪まで適用されることになる。もう日の光を見ることはないだろう。

ソフィアがしたような怖い思いをする子供は、きっともうこの国からいなくなる。

コンラートとサンティを中心とした話し合いが終わり、皆で大聖堂を出ようというときになって、ギルバートは突然ソフィアを抱き上げた。

しっかりと抱えられ、ソフィアは驚いて顔を上げた。

「ギルバート様っ？　突然どうして」

突然抱き上げられたら驚いてしまう。それだけでなく、ここにはコンラートとサンティ、そして多くの司教達もいる。あまりに多くの目に、ソフィアの頬が熱くなる。

しかしギルバートは真剣な表情で、ソフィアの瞳を覗《のぞ》き込んだ。

「短い時間だが、あの水晶の中にいたんだ。無理をすることはない」

「ですが――」

言い募ったソフィアの唇は、ギルバートからの触れるだけの口付けで塞がれた。

「――何より、私は今お前と少しも離れていたくない」

ギルバートがはっきりと言い切る。

離れているというのは、同じ場所にいないという意味ではなく、身体と身体がより多く触れ合うという意味に違いない。

そういう意味ならば、ソフィアの気持ちもギルバートと同じだ。

ただ、恥ずかしいだけで。

ソフィアはギルバートの首に両腕を回して、ぎゅっと抱きつき顔を広い胸に埋めた。

「わ、私も、ギルバート様と少しも離れていたくないです……」

ギルバートが喉を鳴らして小さく笑う。

ソフィアはすっかり普段通りの体温が戻った身体で、熱い頬を自覚してぎゅっと両目を閉じた。

その左手には、いつも身につけている二つの指輪が輝いている。

大聖堂から祈りの間、そして外へ。

ギルバートに抱き上げられたまま、ソフィアは壊れた扉をくぐって外へ出た。

瞬間、じりじりと力強い太陽を感じて顔を上げる。

ひたすらに青い空が、ソフィアの視界いっぱいに広がった。

結界のために高い壁で空を切り取っているラクーシャ国だが、これからきっと変わっていくのだろう。ソフィアはラクーシャ国の未来が明るいものであるようにと小さく祈った。


コンラートはソフィアを救出してすぐに船を手配していたようで、同じ日の夕方には魔道具の船がラクーシャ国の港に着くことになっていた。

ネーヴェの邸《やしき》で傷の手当てをしてもらったソフィア達は、少ない荷物を持って港へ向かう。予定通り船は着いていて、ソフィアはギルバートのエスコートで船に乗り込もうとした。

そのとき、小さな足音が近付いてくる。

「――っ！」

まだ成長途中の細く愛らしい容姿。白い髪に赤い瞳が印象的なアニカが、華奢《きゃしゃ》な身体で息を乱しながら駆け寄ってきていた。

「アニカ！」

咄嗟《とっさ》に名前を呼んで、ソフィアもアニカに走り寄る。

出発する前に、無事な姿が見られて良かった。

サンティは逃がしたと言っていたし、助けを求めてくれたのがアニカだったことはギルバートから聞いていたが、やはり直接会うことができると、一気に安心がこみ上げてくる。

アニカが無事でいてくれて嬉しかった。

「良かったわ、アニカ。ちゃんと出ることができていたのね」

「本当にありがとうございました。私、私のせいで、ソフィアさまを危険な目に遭わせてしまって……本当にごめんなさい」

通じないはずの言葉が通じてソフィアとアニカははっとする。

ソフィアが振り返ってギルバートを見ると、右手首の腕輪が淡く光っているように見えた。きっとソフィア達が会話できるように、魔法を使ってくれたのだろう。

その気遣いに嬉しくなりながら、ソフィアはアニカに微笑みかける。

「私が勝手にしたことだから、気にしないでいいのよ」

「でも」

「大丈夫よ。アニカはまだ十歳なんだから。ちゃんと大人に守られていて良いの」

十歳と言えば、ソフィアはまだ生きていた両親に甘えていた頃だ。

魔道具が無い、大好きな両親のいるレーニシュ男爵邸で、幸福であることが当然だと勘違いして、明日をただ楽しみな気持ちだけで迎えていた。

懐かしい記憶を思い出していたソフィアに、アニカが必死な目を向ける。

「……あの」

その表情があまりに真剣だったため、ソフィアは首を傾《かし》げた。

「どうしたの？」

アニカが姿勢を正す。

しっかりと伸びた背筋が、浮かべた微笑みが、眩《まぶ》しい。

「――恩返しをさせてください。どうか私に、ソフィアさまのために働かせていただけませんか」

ソフィアはアニカの提案に目を丸くした。

「働くって、でも家族は」

「いません。羊飼いの家で働いてましたけど、聖女候補になったときに縁は切られました。こんなことになって、もう戻れません」

魔法を使っているということは、ギルバートにも二人の会話は聞こえているはずだ。

意見を聞くつもりでちらと振り返ると、ギルバートはソフィアの好きにして構わない、というように一度頷いた。

ソフィアは考えて、口を開く。

「帰るところがないんだったら……」

アニカが思いきり首を左右に振る。

「でもっ、だからソフィアさまのところでお世話になりたいんじゃありません。恩返しとして、だけでもなくて……ソフィアさまの側で、働かせてほしいんです！」

強い言葉だった。

アニカが本気で言っていることが伝わってくる。

これからラクーシャ国は大きな変化によって荒れるだろう。親も頼れる親戚もいないアニカが一人で生きていくのはきっと大変に違いない。

それに、ソフィアは共に事件に巻き込まれたアニカを、守りたい存在として認識していた。

今更切り捨てられるはずがない。

ソフィアはふわりと微笑んで、アニカに右手を差し出した。

「分かったわ。――アニカ、一緒においで」

「はいっ！」

初めて見たアニカの満面の笑みは、まるでラクーシャ国の青空のように、雲一つ無く眩しかった。

エピローグ

「ギルバート様、何をしているのですか？」

ラクーシャ国からアイオリア王国に帰ってきてひと月。

ギルバートとソフィアの怪我《けが》が治り、ソフィアが水晶に閉じ込められたのは短時間だったため特に後遺症がないと診断が下りた。

アニカは言葉が通じない中、一生懸命下働きをしながら礼儀作法の練習をしているらしい。自由な時間には共通語の勉強をして、少しずつ他の使用人との距離も縮んでいると聞いている。

その頃、ギルバートが紙に何かの文字や記号を書いていることが増えた。ソフィアには分からないが、魔道具の回路のようだった。

いつものように入浴を終えたソフィアがギルバートの隣に座ると、ギルバートは右手でそっとソフィアの髪を梳《す》いて、魔法を使って乾かしてくれた。

それから、ソフィアには意味の分からないものが書かれた紙を、ソフィアにも見えるようにテーブルの中央に置いた。

「ソフィアの指輪を改良できないかと思っている」

ギルバートはそう言って、文字の一部を指さした。

「この部分を書き換えて、指輪を外したときにも居場所が分かるようにしたい」

「外したときですか？」

「そうだ。今回のように、何者かに意図的に外されると、それ以上追跡できなくなってしまう。あとは外したときにどこまで追いかけるかと、指輪に追加で刻む式を検討しているのだが」

　言われてみればそうだ。

　最初は魔力が無いソフィアが不自由なく生活できるようにという優しさで受け取った指輪だが、今ではギルバートに居場所や無事を知らせるために使うことも多い。

　ならば本来副作用だったギルバートがソフィアの居場所を知ることができる機能の方をもっと充実させても良いのかもしれない。

「それなら、私が何をしているかいつも分かるようにすれば良いのではないですか？」

「ソフィアはそれで良いのか？」

「ギルバート様なら嫌ではありませんけれど……」

　嫌ではないし、今回のように事件に巻き込まれるのならば仕方がない対応だとも思う。

　知られて困ることはない、とは言い切れない。

　入浴中の姿を見られるのは困るし、カリーナとの恋の話を聞かれるのも困る。

　それでもギルバートが願うのならば受け入れようと思った。

　ギルバートはソフィアの顔をまじまじと見て、ふっと笑って乾いたばかりの柔らかな髪の毛をくしゃくしゃと撫《な》でた。

「いや……止《や》めておこう。私はソフィアの自由を奪いたいわけではない」

　それから、ソフィアの乱れた髪を丁寧に手櫛《てぐし》で治していく。慈しむようなその手つきに、ソフィアは思わず目を細めた。

「たとえ魅力的であったとしても、それを当然として閉じ込めたくはない」

優しい言葉に、ソフィアの体温が上がる。閉じ込めてしまいたいと思うほどに愛されているという事実がソフィアの心に注がれ、ぷかぷかと甘い幸福の海に浮いているようだ。

髪がようやく整ったらしい頭を、今度は優しく撫でられた。

ギルバートが魔道具の式が書かれた紙を引き寄せてくるりと伏せた。

「ソフィア、愛している」

「私も愛しています……ギルバート様」

藍色の瞳の中にソフィアがいて、それが見えるほど近い距離にいるのだとソフィアは実感した。

ギルバートが僅かに眉を下げる。

異国の地で突然いなくなって、ソフィアはどれだけギルバートに心配をかけたのだろう。きっとソフィアの想像以上だったに違いない。

あのときのギルバートの涙を、きっと、ソフィアは忘れない。

「だから、もう一人でどこかに行かないでくれ」

切実な声に導かれるように、ソフィアは腰を浮かせてギルバートの唇に口付けた。

光の川のまんなかで

大聖堂の自室で、サンティは柵が取り払われた窓から青空を眺めて溜息《ためいき》を吐《つ》いた。

純白の聖女にまつわる一連の事件で古代魔法具が壊れたことで、大聖堂の様々な機構や魔道具が使えなくなってしまった。

大聖堂では、部屋の鍵すらかからなくなった。

旧道具の鍵を設置したが、普段から鍵を持つ習慣が無い大聖堂の者達には不便そうだ。

国民に自然の状態を推奨し、魔法にも魔道具にも触れさせないようにしてきたにも拘《かかわ》らず、大聖堂で暮らす自分達はこの有様なのだからどうしようもない。

呆《あき》れてしまうが、大司教が二人とも投獄された今、現状を把握し動くことができるのは、これまで傀儡《かいらい》であることを求められ続けていたサンティだけだった。

何という皮肉だろう。

これまでサンティが感じていた、周囲を取り囲み身動きを封じる高く大きな壁は、実際にはたったの二人だけだったのだ。

「――教皇様、説教のお時間です」

司教がサンティを呼びに来る。

サンティはまた深く息を吐き、部屋を出た。

「お元気がないようですが、体調など気になることがありましたか」

司教が聞いてくる。

サンティにセグレ教への信心は全く無いと言って良い。もうあの聖書の事実は全て理解してしまったし、ラクーシャ国の歪《ゆが》んだ姿も直視させられた。

それでも今、サンティがこの国を放り出すことはできない。

たとえ偽善だったとしても、嘘《うそ》で作られたものであっても、これまで教えを維持してきた者として、国民から心の拠《よ》り所《どころ》である教えを取り上げることはできなかった。

できることなら、少しずつ、反発のない程度に国の在り方を変えていきたい。そのためにサンティは、今日も国民を思うだけの気持ちで心にもない説教をする。

「きゅいっ」

廊下の開いた窓から、愛らしい声がする。

サンティは足を止め、声の方に身を乗り出した。

「おはよう、デオドゥート。どうしたの？」

サンティが声をかけると、デオドゥートは青い顔を窓に押し込んで、大きな嘴《くちばし》でサンティの頭をこつこつと軽く叩《たた》いた。まるでサンティを元気づけてくれているようだ。

思わず頬を緩めたサンティは、手を伸ばしてその頬を撫《な》でる。

もふっとした手触りが心地良くて、小さく笑い声を上げた。

「ふふっ。僕を励ましてくれるのかい？　良い子だね。後で一緒に散歩に行こうか」

「きゅう」

聖書に登場するものの中で、最も謎に包まれていて、唯一偽りのない存在。それがデオドゥートだ。

しかしサンティにとっては何より特別な友人である。

「うん。行ってくるよ」

デオドゥートが飛んでいって、サンティはいつの間にか自分と距離を置いていた司教の方に歩き出した。

説教を終え、祈りの間から大聖堂内に戻ってきたサンティを出迎えたのは、司教ではなかった。

「こんにちは、教皇様」

「コンラート陛下。……いつもありがとうございます」

待っていたのはコンラートだ。

廊下の壁に寄りかかったまま、魔道具らしい何かの板に文字を書き付けていたようだ。サンティに挨拶をすると同時に、コンラートは魔道具を内ポケットにしまった。

コンラートはあの事件以降、ラクーシャ国を援助する方向で動いてくれており、大聖堂に追加で転移装置を設置してからはこまめに顔を出している。

聖女が媒介となる特別な魔石が採れなくなったラクーシャ国には、外貨を獲得する方法がない。国として最も大きな資金源をなくしてしまい、今から同じ魔法具を作り直す知識も技術もない。少なくともサンティは、聖女を生贄《いけにえ》とする古代魔法具など、作ることができたとしてももう作りたくもないが。

現状、エラトスの属国となったことに国民の反発はないが、セグレ教とエラトスの方針がぶつかる部分で難しいところが出てくるだろうことはサンティもコンラートも分かっている。

だからこそこうして密に連絡を取り合っておくことが重要だと、コンラートも考えているのだろう。

「今日はどのようなご用件でしょうか」

「ああ。書類ができたから、届けに来たんだ」

コンラートが、持ってきたという重要そうな書類をひらひらと振りながら言う。

扱いを見る限りでは、そこまで重要な書類でもなさそうだ。

「陛下に直接ご足労いただいてしまい――」

「それは気にしないでくれ。どこかへ行くところだったのか？」

どうやらコンラートは、多忙なエラトスでの休憩時間にこうして出歩いているようだ。

忙しいのに時間を割かせて申し訳ないと言ったことがあるが、コンラートは何でもないというように笑うばかりだった。

エラトスの王城でもしコンラートを探している者がいたらどうしようと思うが、サンティにはどうしようもない。ただサンティなりにできることをするだけだ。

少なくとも今は、ラクーシャ国を支配することになったエラトスの国王であるコンラートの機嫌を取るのが最良の選択肢であろう。

「ええ、少々行きたいところが――」

「では私も一緒に行こう。ああ、私はいないものと思ってくれていいから」

「……分かりました」

コンラートはいつものようにただサンティの後をついてくる。

サンティは最初の頃こそ気を遣って茶の時間を取ることもあったが、何度目かの来訪から自分がしたいようにするようになった。コンラートは本当についてくるばかりで、サンティが何をしても一切の文句を言わなかったから。

サンティは階段を上り、人気のない三階の薄暗い廊下に出た。

事件から今日まで、誰も近寄らせずにいたため、床には崩壊した瓦礫《がれき》の欠片《かけら》が落ち、美しい絵が描かれていた壁も土埃《つちぼこり》で汚れている。

この階にあるのは、聖女の聖堂に続く洞窟だけだ。

コンラートがいるときにここに来るのは初めてなのに、全く気にした様子を見せてこない。

「それより、教皇様はいつまで私に敬語を使うんだ？　私はもっと気軽に話してほしいのだけど」

それどころか、関係の無い話を続けるばかりだ。

サンティもさすがに困惑して、眉を下げる。

正直なところ、この機にコンラートを試すつもりでもあったのだ。事件があった場所にサンティが出入りしていることを知ればどんな顔をするだろうかと考えていた。

文句を言われたり失望されたりすることは覚悟していたが、逆にこうも無感動な姿を見せられると、サンティも困ってしまう。

「そのような。国王陛下に……」

「それでは、友達になれないじゃないか」

サンティは開かれたままになっている大きな扉から、内部が不安定な洞窟の中に入っていった。二人分の足音が響き、いつもと違って一人でないことに違和感を覚える。

やがて聖堂があった場所に辿《たど》り着いた。

強風の影響で、壁際にはガラスや瓦礫が積もっている。

天井が崩れた大きな穴から差し込む日差しで、廃墟となった聖堂の周囲には背の低い雑草が生え始めていた。

その中央にサンティが立つと、ばさっと洞窟内に風が吹き込んでくる。

「きゅうっ」

その声に、サンティの頬が緩んだ。

風は降下の羽ばたきで、声はサンティへの挨拶だ。

デオドゥートが青く大きな身体《からだ》を引っかけないよう、ゆっくりと壁との距離を測りながら洞窟の中に下りてくる。事件以降、サンティがここに来るとデオドゥートはいつでも姿を現してくれた。

地面に足をつけると、デオドゥートはサンティの瞳をまっすぐに見つめた。

大きな瞳に、サンティの姿が映り込む。

鏡よりも鮮明に自身の姿を見せるそれを見つめ返す勇気が、以前のサンティにはなかった。幼い頃には気にならなかったのに、いつの間にか目を合わせることができなくなっていたのだ。

しかし事件以降、サンティはデオドゥートの瞳をしっかり見つめることができている。

きっとそれは、自分を裏切るようなことをしていないからだろう。

「デオドゥート、待たせたね」

サンティはデオドゥートの身体を抱き締めた。

ふわふわの毛で覆われた胸に、サンティの身体がもふりと沈む。温かくて心地良く、心ごと包み込まれるような気がした。

「……何度見てもすごいね」

コンラートの声は、サンティのすぐ後ろから聞こえた。

驚いたサンティはコンラートを振り返って、その瞳が興味と関心で輝いていることに気が付いた。

「……怖くはないのですか？」

セグレ教の聖書にも壁画にも出てくるデオドゥート。その存在はこのラクーシャ国では聖獣として受け入れられているが、他国の人間にとっては違う。

特に魔獣と勘違いをする者が多いことは、サンティだって知っている。

「教皇様は怖くないのだろう？」

コンラートが何でもないことのように言う。

サンティはまたデオドゥートの顔を見て、僅かに目を細めた。

「僕には、この子が唯一の理解者ですから」

誰かに分かってもらいたいと思ったことはない。

ただ、作り上げたサンティという人格。

それを利用する親代わりの大司教と、尊敬してくる信徒達。

そんな中デオドゥートは、サンティがまだ赤ん坊の頃から、心配しているようにいつもサンティを見守ってくれていた。

全ての窓に柵が付けられていた少し前までは、柵越しに触れ合うことしかできなかったが、今はいつでもこうして触れ合える。

それだけでも、サンティにとっては幸福だった。

「ならば私も怖いとは思わないよ」

コンラートがデオドゥートに微笑《ほほえ》みを向けながら言う。

サンティは目を見張った。

「こんなに優しげな顔をした生き物が、恐ろしいものであるわけがないだろう？　ましてこのデオドゥートは、教皇様のことを大切に思っているようだし」

言われて、サンティのデオドゥートへの思いを自覚する。

子供の頃からいつも側《そば》にいた、誰より信頼できる友人。兄のようでもあった。

しかしもしかしたら、デオドゥートはずっと側にいたサンティのことを、我が子のように思っていたのかもしれない。

「教皇様が侯爵夫人を助けようとしたことは知っているから、信頼しているんだ」

コンラートがなおも言い募る。

サンティはその言葉に、またデオドゥートに顔を埋めた。

攫《さら》われてきて聖女にされそうになったソフィアに、母親を重ねていた。

サンティを産んですぐ聖女にされた母親。

母親を救うことはできなかったが、ソフィアの命ならば救えるのではないかと思った。それだけだったはずなのに。

『教皇様ならできますよね？』

迷いを振り払ったまっすぐな目がサンティを射貫いたとき、その瞳の奥に決して未来を諦めきることのない強さを見た。

柵に囲まれた狭い世界の中で未来を選ぶサンティなど、見えていないというように。

誰にも言うつもりはない。しかし、きっとあのか弱くも芯が通った強さを、サンティは忘れることはないだろう。

表情を作る。

何を考えているか分からない顔は、サンティの得意技だ。

「――ありがとうございます」

デオドゥートから身体を離して振り返ったサンティは、邪気のない透明な笑みを浮かべた。

「ところで、その書類は何が書いてあるんです？」

話題を変えても、コンラートはその変化に気付かなかった。

「アイオリア王国のマティアス殿下から、会談の申し入れだよ。アイオリア王国相手に貿易ができれば、良質な魔道具が輸入できるようになる」

サンティの予想とは全く異なり、コンラートが持っている書類はとても重要なものだった。

咄嗟《とっさ》に慌てたサンティは、驚いて目を見張る。

「ちょっ、そんな扱いは駄目だよ⁉」

「はは。その方が良い」

コンラートが笑い、書類をひらりと翻す。

デオドゥートの楽しげな鳴き声が、ぽかりと開いた青い空に抜けていった。

◇　◇　◇

マティアスはサンティからの手紙を手にして、僅かに口角を上げた。

コンラートに頼んでサンティに届けてもらった書類は、問題なく受理されたらしい。同時に今後アイオリア王国とラクーシャ国間で友好的な交流を持っていきたい、とも書かれていた。

魔道具の研究において、アイオリア王国の右に出る国は無い。これまで古代魔法具と聖女の魔石に頼りきりだったラクーシャ国では、特に必要に迫られるだろうと思っていた。

しかし、マティアスがこんなに愉快な気持ちなのはそのためではない。

「嬉《うれ》しそうですね」

護衛のために執務室にいたギルバートが言う。

マティアスは小さく笑って、サンティからの手紙をギルバートに渡した。

「これが嬉しくないわけがないだろう？　私はまだあの鳥の謎を解明していないんだ。ラクーシャ国との関係を途切れさせるわけにはいかないよ」

マティアスが気にしているのは、今回の事件でルッツが見たという巨大な鳥だ。

デオドゥートというらしい青い鳥は、ギルバートの見立て通り、魔獣ではないそうだ。しかし普通の鳥にしては知能が高すぎるし、報告によるとどれだけ生きているのかも分からないという。

聖書に登場していることからも、五百年前には既に存在していた可能性すらあった。

「……殿下は、本当にそういったものがお好きですね」

ギルバートが呆れたように眉間に皺《しわ》を寄せる。しかしその表情は不機嫌なものではなかった。

思い返せば、まだ二人とも学生だった頃には、よくマティアスから冒険だと言って様々なことにギルバートを誘ったものだ。

懐かしい思い出だが、ギルバートにばかり言われるのも心外だ。

「ギルバート、君も私のことは言えないと思うけれど」

「……どういうことでしょうか」

表情が変わらないまでも不本意だと思っていることが分かる声で、ギルバートが聞いてくる。

マティアスは小さく笑って、もう一通の手紙をギルバートに差し出した。これを見れば、ギルバートもまたマティアスと同じような反応をするに違いない。

「この手紙はコンラート陛下からなんだけどね。君が破壊した古代魔法具に刻まれていた魔法式の中に、どうやっても解読できない文字があったと――」

ギルバートがマティアスの手から手紙をひったくるような勢いで受け取って、すぐに中を開いた。

今回の事件を経て、帰国したギルバートは古代魔法についての本を読み研究し始めたようだ。魔法のこととなると研究熱心な人間だから、仕方のないことだろう。

しかし古代魔法には不明な点が多く、ギルバートでも一筋縄ではいかないようだった。

「ほら、君だって私と同じだろう」

ギルバートが僅かに眉を動かす。

結局、ギルバートもマティアスも似たようなものなのだ。

だから互いの立場が明確になってしまった今でも、仲が良いままでいられるのかもしれない。

ギルバートが持っている魔法式は、マティアスも見覚えのないものだった。

コンラートとサンティが洞窟の中で偶然見つけたというが、何故《なぜ》事件現場に二人が行ったのかも謎だ。調査なら専門家に任せるのが確実だろうに。

ラクーシャ国の状況は分からないが、何か事情があるようだ。

「一応王城の研究者にも回しているが、こういうことは君が得意だろう」

写しを王城の研究者に渡したところ、同じ式を見たことがある気がすると言っていた。しかしその内容は分からないままだ。調べさせているが、判明するかどうかは分からない。

ギルバートはしばらくその魔法式を眺めていたが、やがてペンを取り出した。

「写して構いませんか」

「ああ、写しならここにあるよ。はい」

マティアスから手紙の写しを受け取ると、ギルバートは早速テーブルで解読を始めようとする。今は来客も無いため、作業をされても問題はないのだが、マティアスとしてはもう少し待ってほしい。まだ聞きたいことがあるのだ。

「今すぐやることもないだろう？」

「……はい」

なんて分かりやすいのだろう。黒騎士と呼ばれているが、マティアスには何故皆がそれほどギルバートを恐れるのか理解できない。

心を読むことができる能力はすごいが、本人は不便を感じるだけだ。

読まれて困ることが無いのなら、堂々としていれば良い。

どこか不服そうなギルバートに、マティアスが苦笑する。

「私も気になっているんだ。ほら、ソフィア嬢が連れて帰ってきたという子供のこととか」

「……アニカのことですか」

「そう、その子。今はどうしている？」

ラクーシャ国からソフィアに懐いてついてきた、十歳ほどの白い髪と赤い瞳の少女。ギルバートが心を読むことができなかったという少女のことを、マティアスは気にしていた。

言葉も通じないだろう。もし魔力が無いのなら、不便も多いはずだ。

ギルバートは仕方がないというように、紙を四つ折りにしてポケットにしまい、マティアスと向き合った。

「アニカは今、邸《やしき》で使用人の仕事を色々と経験させています。なんでも、実際に触れてみるのが一番の勉強になるそうで」

「ハンスの決定かい？」

「はい」

マティアスはギルバートの返事に納得した。そんな細やかな気遣いをギルバートが考えることは難しいだろう。政治の話や戦場の指揮はできるのに、こういったことが苦手なのは昔からだ。

「それはよかった。しかし、魔道具が使えないなら不便ではないのか？」

「いいえ。アニカには魔力がありました」

「そうなのか!?」

マティアスは驚いた。

ギルバートが魔力から記憶を読むことができなかったということは、魔力が無いのだと思い込んでいた。きっとソフィアのことがあったからだろう。

報告書には事件中のことは書くが、その後の個人的なことを書く必要はない。

「では何故だ？」

「ラクーシャ国で使われていた古代魔法具のせいです。……報告した通り、あの魔石は国民の魔力を聖女を媒介として集め、水晶化したものでした。そのため、国民全員が無自覚のうちに魔力を抜かれていたのです」

「そうか。アニカという少女は、持っている魔力が少なかったから——」

「おそらく、古代魔法具によって奪われる魔力よりも保有量が少なかったのでしょう。アイオリア王国に来てからは魔道具が使えておりますし、その影響か、脱色していた髪色が本来の色に戻ってきています」

マティアスはその話を聞いて納得した。

それならば翻訳の魔道具もあるし、普段の生活に支障もないだろう。

「良いことだ。このまま元気に過ごしてくれたらいいね」

「はい。……ソフィアも、気に入って育てているようですから」

遠くを見るような瞳は、きっと更に賑《にぎ》やかになったフォルスター侯爵邸のことを思っているからだろう。

帰国してから明らかにこれまで以上に過保護になっているギルバートを、マティアスは複雑な思いで見ていた。

アニカに魔力が無いのなら、ソフィアのような体質の人間は知られていないだけで実際には多くいるということだろうと思うのだが、そうではない。

今のところ、本当に魔力が一切無いのはソフィアだけだ。今回『純白の聖女』にされそうになったことで、その特殊性がより際立ってしまった。

言葉にしないまでも、思うところがあるに違いない。

マティアスもまだそこに触れるつもりはない。ただ、ギルバートが幸福な日々を過ごせるよう願うばかりだ。

「アニカ、か。今度、私も会いに行こうかな」

「……そのときには事前に知らせてくださいね」

ギルバートに釘《くぎ》を刺されて、マティアスは声を上げて笑った。

◇◇◇

アニカはフォルスター侯爵邸の厨房《ちゅうぼう》と繋《つな》がる裏口で、野菜の皮を剥《む》きながら、ぼうっと青い空を見上げた。

侯爵邸の裏庭には、季節の花が植えられている。特に今は様々な色の花が美しく咲いていて、アニカの日には全てが珍しく新鮮に映った。

「すごいお邸だなぁ……」

何度目かの感想と共に零《こぼ》れた溜息が、風に乗ってどこかに飛んでいく。

アニカが侯爵邸に来たとき、一番最初に驚いたのはその邸の華やかさだった。

大きくて歴史を感じる建物は、まるでラクーシャ国の大聖堂のようだった。ソフィアの側にいようと決めたとはいえ、その外観にどうしてもアニカは強い警戒心を抱いてしまった。

しかし実際に働き始めてみると、印象はがらっと変わった。

使用人の部屋は清潔で、下働きをしながら教育を受けているアニカにも皆と同じ食事が与えられる。裏庭は来客が無ければ出入り自由で、外出も自由だ。

言葉が分からないアニカにも皆が優しい。

ソフィアの夫でこの家の当主でもあるギルバートは、アニカのために小さな翻訳の魔道具を用意してくれた。初めての自分の魔道具にびっくりしたが、契約や自己紹介、初めてする仕事の指示などはそのおかげですぐに覚えることができた。

普段は言葉を覚えるために魔道具を使わず生活しているが、不便が無いのは皆が気遣ってくれているからだろう。

これまでほとんど見たことがなかった魔道具が当たり前にある生活にも驚いた。

洗濯物を入れてスイッチを入れれば動く魔道具や、ごみを集める魔道具。照明もマッチを擦る必要が無くて、暑い季節には部屋を涼しくすることができる。

一番驚いたのは、アニカが掃除中に魔道具を落として割ってしまったとき、侍女が真っ先にアニカの怪我《けが》を心配したことだった。

叱られると思って小さく丸まって痛みを覚悟したアニカは、驚いた顔をした侍女に手を引かれた。

『アニカ、大丈夫⁉　怪我は無い？』

それはソフィアがいつも側に置いている、カリーナという侍女だった。

『ご……ごめんなさ――』

カリーナは顔を青くして震えるアニカに驚いていた。しかしすぐにどこか懐かしげな顔で首を左右に振って、アニカを安心させるように微笑んだ。

その変化があまりに自然で無理がなくて、アニカの震えはぴたりと止まった。

『大丈夫よ、びっくりしたわよね。とりあえず箒《ほうき》を持ってきてくれるかしら。片付けないといけないから。分かる？　ええと……「ホウキ」よ』

アニカは頬を赤くして、ばっと立ち上がって走って箒を取りに行った。

涙が零れた顔を見られたくなかったのだ。

泣くつもりはなかった。殴られても叩かれてもいないし、怒鳴られることすらなかったのだから、泣く理由なんてなかったはずだ。

それなのに涙が零れたのは、カリーナがアニカに伝えるために、ラクーシャ国の言葉を使ってくれたことが、とても嬉しかったからだ。

そのとき、ここは暖かい場所なのだと実感させられた。

大きな邸はアニカを閉じ込めるためのものではなく、ただそこにあるものだった。

見慣れぬ魔道具もアニカを追い詰めるためにあるのではなく、ただ道具としてあるだけで。

失敗しても、手を上げられることがない。

ソフィアに助けられて、憧れたソフィアを追いかけてラクーシャ国を出たことは、アニカにとって間違いではなかったのだ。

知らないものばかりに囲まれていても、温かい人達が働いているこのフォルスター侯爵邸を、もうアニカは好きになっている。

「アニカ、どうだー？」

「もう少しです！」

侯爵邸に来て一か月が経《た》ち、最初よりも言葉を覚えてきた。

白かった髪の毛は、毛先が僅かに茶色に染まっている。

ギルバートは、色が変わってきたことを魔力が戻ったからだろうと言っていた。ラクーシャ国では魔力を抜かれていたせいで、少ない魔力がゼロになっていた可能性があるそうだ。

難しいことは分からないが、大切なことは今アニカが幸せだということだ。

「そうかぁ。ゆっくりで良いから、怪我しないようにね」

「ありがとうございます！」

それでもアニカは、今日の午後の秘密会議のために急いで手を動かしたのだった。


そして午後、ソフィアが久し振りに茶会に呼ばれて出かけていった後の侯爵邸では、急いで仕事を片付けた使用人達がホールに集まっていた。

アニカも翻訳の魔道具を使って参加している。

「――それでは、奥様の誕生日会についての使用人秘密会議を始めます」

いつも落ち着いていて真面目な印象のハンスが、その真面目な顔のまま話し始める。

「誕生日だったというのに、奥様は外交のため邸を不在にされておりました。そのため、大規模な社交パーティーはできませんが、私達でお祝いできればということで、こうして集まってもらっています。旦那《だんな》様の了承もいただきました。お祝いのアイデアがある者は、挙手して意見を言ってください」

「はい！　奥様は花がお好きですから、温室を飾るのはどうでしょうか」

最初にそう言ったのは侍女のアメリーだ。

アメリーはソフィアの侍女の中でも特にお洒落《しゃれ》で洗練された雰囲気がある。

「儂《わし》なら花で食堂全体を飾ることもできますぞ。それに、温室じゃ全員入りきらないじゃろう」

庭師が口を挟む。

「奥様と旦那様が温室で二人きりの誕生日……なんてのも、ロマンチックじゃないですか！」

「待って、アメリー。それも良いけど、それじゃ皆が祝えないわ」

カリーナが言う。

それに同意したのはハンスだ。

「そうですよ。皆が祝いたいと言っているのです。ここはやはり、皆で祝える方法にするべきですね」

窘《たしな》められたアメリーがしぶしぶといった様子で頷《うなず》いた。

「はーい……」

「でも、お二人の時間を演出するのは私も賛成です。方法は旦那様とも相談いたしますから。他に意見がある者は？」

ハンスはそう言って、また皆の意見を聞いた。

次に手を挙げたのは侍女のサラだ。

アニカにも気さくに接してくれるサラは、アニカがまだアイオリア王国のことをよく知らないからと、休みの日にはアニカを街に連れ出してくれる。

姉がいたらこんな感じだろうかと思ったのは、サラには内緒だ。

「奥様は最近あまり外出をしていなかったので、今流行のお菓子を集めるのも良いと思います！　外に興味をお持ちになるかもしれません」

サラは特に、流行のものに詳しいようだった。

商業地区の華やかさでどこを見て良いか分からず迷っていたら、サラはアニカの手を引いて、お洒落な店で美味《おい》しいものを食べさせてくれた。

確かに、あんなに素敵な場所が近くにあるというのに、アニカが侯爵邸に来てから、たまにある社交以外でソフィアが外出するところを見ていない。

「……奥様の引き篭《こも》りをどうにかすべきなのは間違いないですが——」

ハンスが言いづらそうに語尾を濁す。

後を継いだのは料理長だ。

「最近は旦那様が過保護になっているから、仕方がありませんよ。それに、奥様に食べさせる菓子なら私が作るので、外から買ってくる必要はありませんね」

柔らかな口調ながら、その端々から自身の仕事への自負が感じられる。

この料理長、普段は穏やかなのに、料理のこととなると怖い。アニカも最初は怒号に驚いて小さくなっていたのだが、数日共に働くうちに少しずつ、それが料理への真剣さ故に気遣いができなくなるからだということに気付いた。

「そうやって家の中だけで全部揃《そろ》えちゃうから、余計に外に出ないんじゃないですかー？」

「もうサラっ、そんなこと言わないの！」

カリーナがサラを止める。

「だって、いくら貴族は外出が少ないとはいえお可哀想《かわいそう》よ。奥様はもっと――」

「それは貴女《あなた》が言うことでもないでしょう。旦那様も考えていらっしゃるはずよ」

カリーナが言うと、ハンスが視線を落として溜息を吐いた。

「私も旦那様とはお話ししていますから……その件については一旦保留にしてください。そもそも、奥様も外出し慣れていない方ですから」

「……分かりました」

サラが頷いて口を噤《つぐ》む。

ハンスは空気を変えるように話題を変えた。

「――では、装飾について話し合いましょうか。奥様のお好きな色は」

「水色！」

「白じゃないか？」

「いや。薄紫も……」

次々に色が上がっていく。

アニカはそれを聞いて、不思議に感じながらおずおずと手を挙げた。

「あ、あの――」

「アニカ、どうぞ」

ハンスがすぐに気付いて、アニカに声をかけてくれる。

アニカはそれに安堵《あんど》して、口を開いた。

「奥様は、あの、藍色がお好きだって言ってました……」

先週初めて給料を貰《もら》ったアニカは、ソフィアに何かをプレゼントしたくて、サラと出かける前に聞いてみたのだ。

『ソフィアさまは何色が好きですか？』

『そうね……藍色かしら。ほら、この色よ』

嬉しげに見せてくれたのは、小指につけていた指輪だ。

藍晶石という宝石なのだと、ソフィアはアニカに教えてくれた。

あんな顔をするのだから、よほど好きな色なのだろう。そう思っていたのだが。

「お好きだろうけど……」

「それは……うん」

使用人達が目を逸《そ》らしているのに気付いて、アニカは首を傾《かし》げた。皆好きだと知っていたのに、何故誰も言わなかったのだろう。

「えっと……変なこと言ってたらごめんなさい……」

「違うの、違うのよアニカ」

カリーナがアニカを安心させるように、軽く頭を撫でてくれた。

「え？」

「その色って、旦那様の瞳の色だから……ソフィアの誕生日に藍色で飾り付けたら、誰を祝ってるのか分からなくなっちゃうじゃない？」

カリーナに言われて、アニカは顔が熱くなった。

あのときのソフィアの表情は、色が好きだからではなくて、その色を持つギルバートが好きだからだったのだ。

アニカはあの日、買ってきたキャンディを藍色のリボンを使って包んでもらった。

ソフィアはきっと驚いただろう。

真っ赤になったアニカに、カリーナが微笑む。

「でも、間違いなく一番好きな色でしょうね」

その言葉に、秘密会議と銘打たれたホールでの誕生会の話し合いは、生温《なまぬる》い空気に包まれたのだった。

◇　◇　◇

ソフィアは自室で刺繍《ししゅう》をしながら、窓の外の景色を眺めた。

もうすぐ社交シーズンが終わる。

ギルバートと共に旧レーニシュ男爵領に行くことが決まっているソフィアは、教会に寄付する小物を作るため、ラクーシャ国からの帰国後は社交も最小限にして刺繍に精を出していた。

しかしそれが言い訳だということも分かっている。

もう既に、領内の大きな教会に寄付する分は揃っているのだ。多いからといって困るものでもないとはいえ、こんなに連日集中してするほど切羽詰まってはいない。

「ねえソフィア、今日も刺繍？」

カリーナがソフィアに言う。

ソフィアは僅かに目を伏せて頷いた。

「そのつもり」

「そろそろ外に出ても良いんじゃない？　ソフィアと行きたい新しいお店、あるんだけどなー」

「う、うん……でももう少しだけ」

「全く、それぱっかり。……仕方ないわねぇ」

カリーナが呆れたように笑う。

ソフィアは眉を下げてそれを受け流した。

ラクーシャ国に攫われて聖女にされそうになった一件から、ギルバートはこれまでにも増して過保護になっている。

それはずっと側に置いておきたい、というほどのものだった。

邸にいるときにはずっと側にいる。仕事に行くためにソフィアを残しておくのすら不安そうで、ソフィアもつい、今日は家にいるから心配いらない、と言ってしまう。

ソフィアも無理に出かけたいと思う方でなく、フォルスター侯爵邸は広く、なんでも揃っている。出かける必要性がそもそも無かったのだ。

ただ、それも仕方のないことだと思う。

ラクーシャ国でギルバートが見たソフィアがどのような状態だったのかは分からないが、少なくとも古代魔法具に捕らわれていたのは確かだ。閉じ込められ自由がなくなっていく感覚はあまりに鮮明に記憶に残り、あのまま見つけてもらえなかったらと思うと、指先が強《こわ》ばるようだ。

初めてギルバートの涙を見た。

藍色の瞳から光が消えていて、溢《あふ》れる雫《しずく》が悲しかった。

あんな思いをさせてしまったのだから、ほんの少しでもギルバートを不安にさせることはしたくないと思うのもまた当然だろう。

なのでせめてソフィアとギルバートの二人の気持ちが整理できるまでは、もう少しこのままで良いような気がしている。

カリーナは仕方がないというように笑って、持ってきた小さな籠をひょいとソフィアの目の前に掲げた。中には、何種類もの焼き菓子が入っている。

「だからって、部屋に篭りきりじゃ身体に悪いわ。料理長にお菓子を作ってもらったのよ。庭園で食べましょう?」

カリーナが明るく笑う。

「そうね。ありがとう、カリーナ」

ソフィアは頷いて、途中になっていた刺繍を片付けた。


庭園には色鮮やかな花がたくさん咲いていていて、ソフィアの目には眩《まぶ》しかった。

「――明るいわ」

「当然じゃない。夏の、昼間よ?」

ソフィアに日傘を差しながら側を歩くカリーナが、呆れたように返事をする。

そう言われてみれば、ラクーシャ国から帰ってきた後は、社交のための移動は魔道具で涼しい馬車で、邸では自室かサロンか厨房にいることが多かった。

外の暑さに気付かないまま、日々を過ごしていたのだろう。

「そうだったわね。カリーナ、ありがとう」

「良いのよ。元々ソフィアってあんまり外に出る方でもなかったじゃない」

それは、かつてレーニシュ男爵家で、叔父母とビアンカに自室に篭るように誘導されていたせいでもある。

もっと幼い頃には、外を走り回ることもしていたように思うし、そうではなくやはり外でも本を読んでいたような気もする。些細《ささい》な記憶は曖昧で、記憶を探ると亡くなった両親に愛された思い出ばかりがこの日差しのように眩しかった。

ソフィアは目を眇《すが》めた。

「そうね。でも、せっかくの素敵な庭園を見逃すのは勿体《もったい》なかったと思うわ」

連れ出してもらっていなければ、見逃してしまった花もあっただろう。

ソフィアはカリーナの優しさに感謝して、軽く屈《かが》んで近くの花壇に咲いていたアガパンサスの花にそっと顔を寄せた。小さな花がたくさん集まっていて愛らしい。

生暖かい風が吹いて、ソフィアは青い空を見上げる。

そのとき、どこからか子供らしい高い声が聞こえてきた。

「――あれ？」

「アニカかしら」

ソフィアとカリーナは顔を見合わせて、声の方に移動するとそっと花壇の隙間から様子を窺《うかが》う。

予想通りそこにいたのはアニカだったが、どうやら何かと争っているようだ。

「ちょ、ちょっと、スフィさま。これは食べちゃ駄目なんです！」

律儀《りちぎ》にスフィまで敬称で呼んでいるところが愛らしい。

「にゃーん」

「だから駄目だって……」

アニカが持っているのは料理長が作った焼き菓子のようだ。カリーナがソフィアのために持ってきたものと同じだから、きっと分けてもらったのだろう。

そしてそれを、スフィは匂いで見つけて追いかけているに違いない。

「ああもうっ、スフィさま！」

アニカが椅子に座ることを諦め、立ったまま焼き菓子をぽいと口の中に放り込んだ。いっぱいになった口をむぐむぐと動かしながら、不服そうに見上げるスフィを見下ろしている。

「こ、これで食べられませんからね……！」

アニカが胸を張ると、スフィが突然ぴょんと跳びはねてアニカの額を前足で蹴った。そのままくるんと着地して塀に登り、アニカより高い位置からアニカを見下ろす。

「にゃー！」

「な……っ、なんでよぉ！」

何故かといえば、それはきっと焼き菓子を全て食べられてしまったからだろう。

アニカが頬を膨らませるが、スフィは知らん顔で悠々と毛繕いを始めた。アニカの額に傷が無く、僅かに土が付いているだけなのは、スフィなりの温情のようだ。

「あの二人、いつの間に仲良くなったの？」

「私も知らなかったわ。ふふっ……可愛《かわい》いけどね」

スフィはたまにアニカに視線を向けつつも、尻尾を揺らしている。

アニカは面白くなったのか笑い声を上げて、そのまま近くのベンチに腰掛けた。

「……でも、アニカが楽しそうで良かったわ」

アニカの望み通りフォルスター侯爵邸に連れてきたはいいものの、最初は見るもの全てを怖がっているようだった。

ラクーシャ国で暮らしていたら最も大きく荘厳なのは大聖堂だ。

しかしアイオリア王国では貴族街にはフォルスター侯爵邸を含め多くの邸があり、中でも王城はどこからでも見えるほど立派だ。

見たことのない街の華やかさと、魔法と、魔道具。知らない言葉と文化。

心配して見ていたものの、ギルバートは翻訳の魔道具を渡していたし、ハンスも短期間で邸の中の様々な仕事をさせることで文化と生活の違いを教えているようだ。

カリーナも放っておけないようで気にかけているし、可愛いものが好きなサラは特に気に入って、アニカを街に連れ出してくれているらしい。

「あの子、結構ここの皆に好かれているわよ。言葉だって、どんどん覚えているんだもの」

カリーナが笑う。

ソフィアも一緒に微笑んで、アニカに気付かれないようにそっとその場を離れた。

それから数日後。

ギルバートの休日ということで、いつもよりも時間をかけて支度をさせられたソフィアは、昼食の時間にサロンへと下りてきた。

サロンでは午前のうちに領地についての書類を片付けたギルバートがソフィアを待っていた。

「お待たせしましたか？」

「いや、待っていない」

穏やかな表情で答えたギルバートが、ソフィアの右手を取る。

このまま食堂にエスコートされるのだろうと思っていたソフィアは、ギルバートが食堂とは反対の方向に歩き出して首を傾げた。

「ギルバート様、どこに行くんですか？」

「天気が良いから、今日は外に支度をさせた」

ソフィアはその言葉にわくわくした。

先日カリーナと一緒に庭園を歩いたとき、花がとても綺麗《きれい》に咲いていた。散歩にも心地良い季節だから、ギルバートとも一緒に楽しみたいと思っていたのだ。

「素敵です、ありがとうございますっ」

ソフィアが笑顔で礼を言うと、ギルバートが僅かに困ったように眉を下げて微笑む。

「ああ……こっちだ」

ギルバートに手を引かれるがまま、ソフィアは庭園を歩いていった。

やはり庭園はとても綺麗に整えられていて、花も花壇もとても美しい。

「ギルバート様、この薔薇《ばら》、とても可愛いです」

「どれだ？」

「これです。この小さいの」

ソフィアが指さしたのは、ピンク色の夏に咲く品種の薔薇だ。ただ春や秋に咲くものよりも小さく、一見しただけでは他の花のようにも見えた。

ギルバートはソフィアに言われて側で屈むと、ちらりとソフィアを見て、薔薇の花を一輪、枝から外した。

「あっ」

思わず声を上げたソフィアに、ギルバートは目を細める。

「……今日は緑色の服を着ているから、この花は似合うだろう」

ギルバートが指先で丁寧に薔薇の棘《とげ》を取り、そっと右耳の上の編み込みに差し込んだ。満足げに口角を上げて手を離す。

外の暑さと比べて冷たく固い指先が皮膚に当たり、ソフィアの鼓動がどくんと大きな音を立てた。

「やはり、よく似合っている」

「あ……りがとうございます」

似合っていると言われても、あいにく鏡が手元にない。ソフィアが指先で触れて確認しようとしていると、ギルバートが庭園の先にある噴水に目を向けた。

植木に邪魔されて、噴き出す水の上のところしか見えない。

「……噴水のところの水面で見てみたらどうだ？」

「そうします」

噴水、という言葉に咄嗟に身構えてしまったのは、まだあの事件が心にあるからだ。それはギルバートもきっと同じだろう。

隣を歩くギルバートを見上げると、いつもより少しだけぎこちないように感じる。ほんの小さな違和感だが、もしかしたらギルバートもまた、事件を過去のものにしようとしているのかもしれない。もしそうなら、と考えて、ほんの少し心強く思った。

「行きましょう」

今度はソフィアがギルバートの手を引く。

ギルバートは緊張を緩めて、ソフィアの後をついてきた。

通路に沿って歩いて、植木の角を曲がる。

噴水が見えるところまできて、ソフィアはその場所がいつもと全く違う景色であることに気が付いた。

噴水は花で飾られており、ガーデンテーブルと椅子が並んでいる。それはまるで、王城で行われる大規模な茶会のようだ。しかし貴族の参加者はおらず、そこにいるのはフォルスター侯爵邸の使用人だけだった。

足を止めたソフィアは、空を舞う花びらに驚いて目を見張る。

「これって——」

「誕生日祝いをしてやれなかっただろう。皆、ソフィアのために準備していた。――噴水を、というのは、私の案だが」

ギルバートの顔からは、ほんの少しの陰も消えていた。にっと上がった口角は、どこか悪戯《いたずら》な少年のようだ。

「良い思い出で上書きするには、これ以上ないだろう」

ソフィアは左手で口元を覆った。

同じ気持ちが嬉しかった。

ソフィアだけではない。

ギルバートだけでもない。

どれだけ辛《つら》いことがあっても、ギルバートとなら、そしてフォルスター侯爵家の皆となら大丈夫だと、心からそう思った。

「ソフィア、早く早くっ！」

カリーナが笑顔でソフィアを呼ぶ。

側にはアメリーとサラがいて、サラの隣ではすっかり皆に馴染《なじ》んだ様子のアニカがいる。全員が制服ではなく私服で、私的なパーティーといった雰囲気だ。

ソフィアはギルバートのエスコートで用意された席に座って、皆と共にグラスを手に持った。

「遅くなりましたが、今日は奥様のお誕生日パーティーをさせていただきます」

ハンスまで私服姿で、そういえば一度も見たことがなかったなと思った。

その言葉で、使用人達がわっと笑顔になる。

「噴水は儂が飾ったんじゃ」

「ケーキもいっぱい焼いたよ！」

「セッティングは私達ですよ？」

「み、皆で準備したんです」

今日まで準備してくれていたのだろう。パーティーの企画も、準備も、大変なはずだ。それなのに、フォルスター侯爵家の皆はそれらをすすんでソフィアのためにしてくれた。

その気持ちが、とても嬉しかった。

この場所に、皆に受け入れられて、こうして笑っていられるなんて。

こんなに温かく幸せな場所があっただなんて。

カリーナがソフィアに笑いかける。

「おめでとうってお祝いするのも今更だし……ありがとう、ソフィア。私、ソフィアがここの奥様になってくれて、とっても嬉しい」

「カリーナ……私も大好きよ！」

胸がいっぱいで瞳を潤ませると、カリーナが宥《なだ》めるようにそっと抱き締めてくれた。そのせいで、余計にソフィアも目から涙が溢れる。

「ああっ、泣かないでよ……私まで泣きそうになるでしょ……！」

「ご、ごめん。でも、だって──」

上手《うま》く言葉が出てこないソフィアに、カリーナが笑ってハンカチでそっと頬を拭う。

目敏《めざと》くそれに気付いたアメリーが、カリーナの背を軽く叩いた。

「あー！　カリーナ、泣かしたわね？」

「これは嬉しいからでしょう!?」

「化粧が崩れたら同じよ。私がせっかく頑張ったのに！」

アメリーが残念そうに言う。

二人のやりとりが面白くて、ソフィアはいつの間にか止まった涙を指先で拭った。

「ごめんなさい、アメリー」

「大丈夫です……落ちても奥様はお可愛らしいので……」

「何照れてるのよ」

僅かに頬を染めたアメリーに、カリーナが呆れたように言う。

他の使用人達も、皆がとても楽しげにソフィアに口々におめでとうと言いながら、酒やジュース、茶を飲んで、料理と菓子を食べている。

ソフィアの心もすっかり晴れて、楽しい時間に夢中になった。


誕生会は夕方まで続き、空が橙《だいだい》色になったところで慌てて片付けが始まった。

日暮れまでに終えないと暗くなってしまうと大慌てで、完璧な段取りで仕事をしている普段とは違うその様子にも、非日常感があった。

ソフィアは部屋に戻って大人しくしていた方が良いかもしれない。そう思っていたとき、ハンスと何かを話していたギルバートがソフィアの側に戻ってきた。

「ソフィア、私と共に来てくれるか？」

「え？　ええ、勿論《もちろん》です」

差し出された左手に、右手を重ねる。

庭園の喧噪《けんそう》から少しずつ離れていき、賑やかで楽しい時間が終わってしまった名残惜しさと寂しさを感じ始めた頃、ソフィアとギルバートは温室の前に立っていた。

「温室ですか？」

「ああ。ソフィアに、見せたいものがある」

いつの間にか太陽は沈み、ガラス張りの空の色は藍色から紫色のグラデーションになっている。辺りはすっかり暗く、照明をつけていない温室では、ソフィアはギルバートと手を繋いでいなければ転んでしまいそうだった。

やがて温室の中心で立ち止まると、ギルバートはソフィアの手を離した。

「──誕生日、祝えないままですまなかった」

「いいえ。こうしてお祝いしてもらえて、とても嬉しいです」

当日である必要なんてない。

ソフィアもあの騒ぎの中で自分の誕生日などすっかり忘れていた。

「……それでも、だ」

ギルバートの手首で、白金の腕輪がふわりと光る。見慣れた柔らかくどこか暖かい光に、ソフィアの心にもぽうっと明かりが灯《とも》ったようだ。

「色々と考えたのだが……楽しんでもらえたら嬉しい」

ギルバートが掲げた手の平の上に、白く丸い光の球ができる。それが勢いよく破裂したかと思うと、細かな粒子となった光が、ぱあっと温室じゅうに広がった。

光の粒子は花に付着する。

ソフィアは、白く輝く光の花に囲まれていた。

「わぁ……っ！」

きらきらと宙に舞う粒子は少しずつ集まって、まるで星のように輝いている。思わずそっと両手を伸ばすと、左手の小指につけた指輪の藍晶石に光が集まった。

ギルバートがそれを見て驚いたように目を見張る。

藍色の瞳の中に、たくさんの光と花が映っていた。

「……その指輪は私の魔力に馴染んでいるから、魔力が流れるのか」

きらきら、きらきら。

流れる光はまるで細い川のように、ソフィアの指輪に集まっていく。

ソフィアはその光景に圧倒されて、息を呑《の》んだ。

「こんなふうに、ギルバート様の魔力が流れていたのですね」

ソフィアが一人、家で過ごしているときも、危機に瀕して魔道具でギルバートに居場所を知らせたときも。

ギルバートの魔力はこうしてソフィアとギルバートを繋いでいたのだろう。

「何だか、特別な糸で繋がっているみたい……」

左手の甲を眺めながら、ソフィアが呟《つぶや》く。

瞬間、ソフィアは背後から大好きな大きな温《ぬく》もりと香りに包み込まれていた。

「ソフィア」

耳元で低くよく響く声がして、ソフィアの意識はギルバートに集中する。

夏らしい薄手のシャツのせいで普段以上にギルバートの肌を近くに感じ、ソフィアの頬が一気に熱を持った。

「ギ……ルバート様……」

掠《かす》れた声で名前を呼ぶと、ギルバートは抱き締める腕を離した。

少しして、首に冷たい何かが触れる感触がする。ちゃり、と小さな音がして右手で触れて、ソフィアはそれが首飾りだと分かった。

ギルバートの腕がまた、ソフィアの身体に回る。

「しばらくの間、困らせてすまなかった。——私は、もう大丈夫だ」

ソフィアに触れる手は微《かす》かに震えていて、ギルバートにも様々な葛藤があることが分かる。

それでもソフィアの未来のために、縛り付けたくないのだという強い想《おも》いがあって、こんなことを言ってくれているのだろう。

ギルバートの自身への厳しさを感じて、ソフィアはぎゅっと唇を噛《か》んだ。

ふわふわと浮かぶギルバートの魔力の光の粒は、まだソフィアの指輪に流れている。

「ギルバート様。次のお休み、一緒にお出かけしてくれますか?」

「勿論だ」

ソノィアはその返事を聞いて、振り向いて正面からギルバートを抱き締め返した。

ギルバートが自分を甘やかさないのなら、その分、ソフィアがギルバートを甘やかせば良いのだ。

「私も、実はあまり外に行きたいとは思わなかったんですけれど……この首飾りをつけて、ギルバート様と一緒に出かけられたら。きっと私、とても幸せだと思います」

大きな胸に顔を埋める。

幸せすぎて、このままずっと温室の中で二人きりでも構わないと思った。

「それでは、私の方が幸せだ」

二人きりの温室には、誰もいない。

顎に手をかけられ上向かされて、ソフィアは口付けの気配を感じて目を閉じた。

あとがき

こんにちは、水野沙彰です。『捨てられ男爵令嬢は黒騎士様のお気に入り６』をお手に取っていただき、ありがとうございます。読者の皆様のおかげで、またこうしてお会いすることができました。心よりお礼申し上げます。

６巻は聖女編です。

ソフィアが事件の中心になるのは少し久しぶりで、私も改めてソフィアとギルバートと向き合うことができたように思います。ソフィアは大きく成長し、ギルバートもまたソフィアとの出会いで大切なものを増やしてきました。

本当に、１巻の頃の二人を思い出すと感慨深くなります。頑張ってるね……！

二人の新たな物語を、楽しんでいただけましたら嬉しいです。

きっと６巻のあとは、フォルスター侯爵邸で二人でいちゃいちゃして、皆でゆっくりしてくれていることでしょう。

ところで、この原稿の執筆途中で猫を飼い始めました。

つやつやの灰色と白のハチワレちゃんで、目が緑色の男の子です。なんとなく、色の組み合わせが誰かと誰かのような（笑）。

とても人懐っこい子で、このあとがきを書いている今も、私の腕に寄りかかって寝そべり、たまにパソコンのカーソルにじゃれています。可愛いです。

さて、『捨てられ男爵令嬢は黒騎士様のお気に入り』は野津川香先生にコミカライズをしていただいており、コミックス1～2巻が好評発売中です。そして3巻が1月末発売予定となっております！

とっても可愛くて繊細で素敵な漫画にしていただいております。ぜひぜひ、あわせてよろしくお願いいたします。

この場を借りて。ご指導くださった担当編集様（感謝の言葉しかありません……）、美麗なイラストを描いてくださった宵マチ先生（表紙、素敵すぎてしばらく眺めてました！）、本作に関わってくださいました全ての方へ。本当にありがとうございます。

最後に、この本を手に取ってくださった皆様との出会いに、感謝を込めて。

水野沙彰

捨《す》てられ男《だん》爵《しゃく》令《れい》嬢《じょう》は
黒《くろ》騎《き》士《し》様《さま》のお気《き》に入《い》り6

2024年1月20日　初版発行

著者　水野沙彰

イラスト　宵 マチ

発行者　野内雅宏

発行所　株式会社一迅社
〒160-0022 東京都新宿区新宿3-1-13 京王新宿追分ビル5F
電話　03-5312-7432（編集）
電話　03-5312-6150（販売）
発売元：株式会社講談社（講談社・一迅社）

印刷所・製本　大日本印刷株式会社
ＤＴＰ　株式会社三協美術

装幀　世古口敦志・丸山えりさ（coil）

ISBN978-4-7580-9611-9

おたよりの宛て先

〒160-0022 東京都新宿区新宿3-1-13 京王新宿追分ビル5F
株式会社一迅社　ノベル編集部
水《みず》野《の》沙《さ》彰《あや》 先生・宵《よい》 マチ 先生